COTTA

ÆT̃IS. 22.
1666
OCTOBER 14
PAX QVÆRITVR
BELLO

WILLIAM
PENN

FRÜCHTE DER EINSAMKEIT

*Reflexionen und Maximen
über die Kunst
der Lebensführung*

Herausgegeben und eingeleitet
von Jürgen Overhoff

Aus dem Englischen übersetzt
von Joachim Kalka

COTTA

FSC
www.fsc.org
MIX
Papier aus verantwortungsvollen Quellen
FSC® C014889

COTTA
www.klett-cotta.de

Printed in Germany
Cover: Rothfos & Gabler, Hamburg
unter Verwendung einer Abbildung von © Still Life, 1866
(oil on canvas), Fantin-Latour, Ignace Henri Jean (1836–1904)/
National Gallery of Art, Washington DC,
USA/Bridgeman Images
Porträt Penns auf Seite 2 © akg-images/bilwissedition
Schriftprobe Penns auf Seite 5
© Heritage-Images/The Print Collector/akg-images (Ausschnitt
aus dem Porträt William Penns von John Sartain)
Gesetzt von C.H.Beck.Media.Solutions, Nördlingen
Gedruckt und gebunden von Friedrich Pustet GmbH & Co. KG,
Regensburg
ISBN 978-3-7681-9903-2

Thy Cordiall Frd

Wm Penn

Inhalt

TEIL II

WEITERE FRÜCHTE MEINER EINSAMKEIT, DARSTELLEND DEN ZWEITEN TEIL DER REFLEXIONEN UND MAXIMEN ÜBER DIE MENSCHLICHE LEBENSFÜHRUNG

William Penn, der weltkluge Visionär

»Der erlauchte William Penn« und seine Meditationen über das Leben

Es gab einmal eine Zeit, in der sich die größten Geister an ihm und seinem Wirken ausrichteten, an William Penn (1644–1718), dem streitbaren Pazifisten und eleganten englischen Gentleman, dem Großgrundbesitzer, der in Amerika die Kolonie Pennsylvania mit der Hauptstadt Philadelphia (zu Deutsch: ›Bruderliebe‹) gründete, um dort seinen Glaubensbrüdern, den unterdrückten Quäkern, und allen anderen wegen ihrer Religion verfolgten Menschen ein Asyl des Friedens zu gewähren. Die erste wichtige Würdigung seines Lebenswerkes erschien schon bald nach seinem Tod, als sich Voltaire, der geniale französische

Dichter und Aufklärer, in seinen 1734 veröffentlichten *Lettres philosophiques* tief und ehrlich vor ihm verneigte. Im vierten Kapitel dieser philosophischen Abhandlung, das dem bemerkenswerten Engländer ganz gewidmet war, nannte der Franzose ihn voller Respekt »l'illustre Guillaume Penn«. Übersetzen lässt sich diese huldreiche Wendung mit den Worten: »Der erlauchte William Penn«.

Illuster, von einem milden Glanz durchleuchtet, erschien Penn dem Franzosen deshalb, weil er über eine ganz seltene Noblesse des Charakters und der Lebensführung verfügte, weshalb er sogar auf diejenigen anziehend wirkte, die seine religiösen Ansichten nicht teilten. Schon als junger Mann hatte er sich den Quäkern angeschlossen, einer Sekte aus dem Spektrum des radikal-egalitären Protestantismus, deren Angehörige sich selbst auch schlicht als »Freunde« bezeichneten. Weil sie den Kriegsdienst verweigerten und keine Eide schwören mochten, wurden ihre wichtigsten Anführer drangsaliert und inhaftiert, so auch Penn. Voltaire machte keinen Hehl daraus, wie sehr er die Bereitschaft dieses Mannes bewunderte, »für seine Sache zu leiden«. Sogar der englische König Charles II. Stuart bezeugte Penn Sympathien. Unmittelbar nach dem Ableben von Penns Vater, bei dem der leichtlebige Monarch hoch verschuldet war, beschenkte Seine Majestät den rechtmäßigen Erben des Verstorbenen zum Ausgleich mit Ländereien aus dem Besitz der Krone in Amerika, wo der überraschte Empfänger dieser Wohltat alsbald seine eigene Kolonie errichtete.

Voltaire zeigte sich von Pennsylvania und seiner »so sehr blühenden« Metropole Philadelphia hingerissen, denn dort werde, anders als in den alten Königreichen Europas, »niemand wegen seiner Religion malträtiert«. Jeder pennsylvanische Siedler genieße ohne Ausnahme eine uneingeschränkte »Freiheit des Gewissens«. Zudem hätten althergebrachte Standesunterschiede für die Bewohner des neuen amerikanischen Gemeinwesens keine Bedeutung mehr; alle akzeptierten sich gegenseitig als »gleiche Bürger«, die außerdem gelernt hätten, sich »als Brüder zu betrachten«. Möglich geworden sei dieser Lebensstil allein durch das Wirken Penns, der seiner Kolonie »sehr weise Gesetze gegeben« habe. Voltaires Eloge gipfelte dann in einem kaum zu überbietenden Lobpreis: »William Penn kann sich rühmen, das vielbesungene Goldene Zeitalter auf die Erde geholt zu haben, das wahrscheinlich niemals existiert hat, außer in Pennsylvania.« Penns Staat war für Voltaire eine Musterprovinz der angewandten Aufklärung.

Goethe, der deutsche Dichterfürst, stieß ins selbe

Horn. Schon als junger Mann zeigte er sich von Pennsylvania sehr angetan, als er unter dem Einfluss der Frankfurter Pietisten um Susanne von Klettenberg stand, die regen Kontakt zu Penns Land der religiösen Freiheiten unterhielten. Kurz vor seinem Umzug nach Weimar wäre er dann sogar um ein Haar mit seiner großen Liebe Lili Schönemann nach Amerika ausgewandert, so jedenfalls bekannte er es später in seinen Memoiren. Noch im hohen Alter fragte er sich, welchen Verlauf sein Leben dann wohl genommen hätte. Die Faszination für Amerika ließ ihn zeitlebens nicht los. Davon zeugt nicht nur sein 1827 veröffentlichtes Gedicht *Den Vereinigten Staaten*, das mit dem Vers »Amerika, du hast es besser« einsetzt. Zwei Jahre später vollendete er seinen Roman *Wilhelm Meisters Wanderjahre*, in dessen siebenten Kapitel er seine große Verehrung für den Gründer der amerikanischen Provinz Pennsylvania zum Ausdruck brachte. Vom »erhabenen William Penn« ist da die Rede. Hervor hob Goethe vor allem das »hohe Wohlwollen, die reinen Absichten, die unverrückte Tätigkeit eines so vorzüglichen Mannes«. Dabei erinnerte er auch an »den Konflikt«, in den Penn »mit der Welt geriet«, redete von »den Gefahren und Bedrängnissen, unter denen der Edle zu erliegen schien«, die er letztlich aber in bewunderungswürdiger Weise meisterte.

Goethe wusste auch, dass zu Penns zahlreichen Bedrückungen eine lange, insgesamt drei Jahre währende Zeit der zwangsverordneten Zurückgezogenheit zählte. Denn zwischen 1690 und 1692 konnte der vorübergehend wieder aus Philadelphia nach England zurückgekehrte Penn sein Londoner Domizil an der Themse kaum einmal unbehelligt verlassen. Der seit 1689 amtierende neue englische König William III., ein Oranier, hielt ihn für einen gefährlichen Parteigänger des gerade erst abgesetzten katholischen Monarchen James II. und ordnete deshalb seine permanente Überwachung an. In dieser schwierigen Lebensphase, in der sein Bewegungsradius so sehr eingeschränkt war, dass er faktisch unter Hausarrest stand, nutzte Penn die unfreiwilligen Stunden der Muße dazu, die Ergebnisse all seiner Erfahrungen und Betrachtungen, seines Denkens und bisherigen Tuns in knappen, aphoristischen Wendungen festzuhalten. Als der König dann seinen Zugriff lockerte, weil er einsah, dass er Penn zu Unrecht verdächtigt hatte, veröffentlichte dieser seine gesammelten Aufzeichnungen im Jahr 1693 unter dem bescheidenen Titel *Some Fruits of Solitude* und wies sie im Untertitel als persönliche Zusammenstellung von diversen »Reflexionen und Maximen« aus. Goethes eigene Kollektion von Sprüchen, Aperçus und

Pointen, die er bis ins hohe Alter ständig erweiterte und die erst postum, im Jahr 1833, von Johann Peter Eckermann und Friedrich Wilhelm Riemer in der Cotta'schen Buchhandlung unter der Überschrift *Einzelheiten, Maximen und Reflexionen* herausgegeben wurde, erinnert in vielerlei Hinsicht an Penns Vorbild. Viele Sentenzen Goethes, wie zum Beispiel die Ziffern 78 und 709, preisen denn auch die von Penn begründete amerikanische Toleranz in Religionsangelegenheiten.

Penns von Voltaire so bewunderte Toleranzpolitik und seine von Goethe nicht minder geschätzte Herzensbildung und Menschenkenntnis, die aus einem tiefempfundenen Gerechtigkeitsstreben und einer großen Leidensfähigkeit erwuchsen, blieben vom Zeitalter der Aufklärung bis ins 20. Jahrhundert für Europäer und Amerikaner gleichermaßen bedeutungsvoll und verehrungswürdig. Seine Reflexionen und Maximen fanden immer wieder begeisterte Leser, sie galten lange als kostbarer Schatz einer unvergänglichen Weisheitsliteratur. Auch in deutscher Übersetzung erschienen sie. Johann Friedrich Schiller, ein Cousin des Dichters, veröffentlichte Penns Gedanken im Jahr 1785 in der Diktion der damaligen Zeit in Goethes späterem Hausverlag Cotta in Tübingen unter dem Titel *Früchte der Einsamkeit, in Ge-*

danken und Maximen über den menschlichen Lebenswandel. Die bislang letzte, leider etwas zu bieder geratene deutsche Übertragung, die 1913 am Vorabend des Ersten Weltkriegs im Heidelberger Universitätsverlag Winter erschien, besorgte Siegfried Graf von Dönhoff. Gelesen wurde dieses Büchlein hierzulande noch bis nach dem Zweiten Weltkrieg, als das American Friends Service Committee, eine caritative Quäkerorganisation, die 1947 den Friedensnobelpreis erhielt, dem ehemaligen Kriegsgegner humanitäre Hilfe durch Kinderspeisungen leistete und damit auch in beeindruckender Weise für die eigenen Überzeugungen warb. Mit Gründung der Bundesrepublik Deutschland und ihrer zunehmend erfolgreichen Einbindung in internationale Friedensorganisationen wie die UN oder die EU rückte das Interesse am Friedensapostel Penn dann mehr und mehr in den Hintergrund, als habe er seine Mission zur Genüge erfüllt.

Im Jahr 2007 hätte man allerdings durchaus wieder auf Penn und seine eindringlichen Meditationen über das Leben aufmerksam werden können, denn da erschien auch in Deutschland in einer Rekordauflage der letzte Band der von unzähligen Enthusiasten gefeierten Harry-Potter-Saga, dem die Autorin Joanne K. Rowling als resümierendes Motto einige Sätze aus

Penns *Some Fruits of Solitude* voranstellte. Die von Rowling ausgewählten Maximen handeln von eben jenen Themen, die in ihren Büchern das immer wiederkehrende Leitmotiv darstellen: Beständige Freundschaft und Trost auch im Angesicht von Sterblichkeit und Tod. Offenbar befand die englische Schriftstellerin, dass kaum jemals ein bedeutender Protagonist der internationalen Literaturgeschichte im Verlauf der Jahrhunderte über diese Gegenstände so einfühlsam, wahrhaftig und lebenserfahren geurteilt hat wie Penn. Doch wie viele ihrer Millionen Leserinnen und Leser, so ist man geneigt zu fragen, haben sich in der Folge eigentlich auf eine intensivere Betrachtung der Gedanken Penns eingelassen?

Seine ausgereiften *Fruits of Solitude*, also der literarische Ertrag eines stillen Nachdenkens in Zeiten der Einsamkeit, sind jedenfalls noch immer heilsam, wohltuend und erhellend – auch und erst recht in unserer oftmals so schwatzhaften, lärmenden Gegenwart. Penn ist kein Spötter, aber es fehlt ihm nicht an Witz. Er verfügt über subtilen Humor, ist milde und hat ein fast kindliches Gottvertrauen, wirkt dabei allerdings niemals naiv, sondern stets unbestechlich. Mit der hier vorgelegten, neuen Übertragung von Penns Meditationen in ein frisches, zeitgemäßes Deutsch sollen ihm und seinen so sehr bedenkenswerten »Früchten meiner Einsamkeit« möglichst viele Leser zugeführt werden. Ermutigend ist, dass diese Ausgabe der Reflexionen und Maximen in eben jenem Jahr veröffentlicht wird, in dem Penns 300. Todestag den Anlass zu einem weltweiten Erinnern bietet.

Penns Sentenzen sind in ihrer Gesamtheit ein echtes Lebenswerk. Sie bilden ein Ganzes, in dem alle Teile aufeinander abgestimmt scheinen, sich wechselseitig deuten und ergänzen. Damit ist gesagt, dass es sich dabei nicht nur um die Zusammenstellung der Erlebnisse einer bestimmten Lebensstufe oder das Resümee einer besonderen Erfahrung handelt, sondern dass sie Resultate seines persönlichen Nachdenkens über das Dasein und damit auch über sein eigenes Leben von der frühesten Kindheit bis ins vorgerückte Alter darstellen. So gewiss seine Reflexionen und Maximen das Allgemeinmenschliche zu fassen und zu benennen suchen, so sehr spiegeln sich in ihnen die einmaligen Erkenntnisse und Einsichten einer höchst individuellen Biographie, eines abenteuerlichen Lebens. Es ist dies ein Leben, das so wundersam wie ungewöhnlich war, und das doch allen seinen Betrachtern bis heute als ein rührendes, anspornendes und allgemeingültiges Lehrstück der menschlichen Existenz dienen kann – auch um Penns

Weisheitslehre noch besser zu verstehen und zu würdigen.

Kindheit und Heimsuchung eines jungen Gentleman

William Penn kam am 14. Oktober 1644 als Sohn des gleichnamigen Captain William Penn in der englischen Hauptstadt London zur Welt. Sein Vater war ein ehrgeiziger Offizier der englischen Marine, der schon bald nach der Geburt seines Stammhalters zum Vize-Admiral befördert wurde und später wegen seiner herausragenden Verdienste zur See sogar als Knight seinem Namen das Adelsprädikat Sir voranstellen durfte. Als ranghohes Mitglied der Navy bezog er ein sehr gutes und regelmäßiges Einkommen, das es ihm erlaubte, mit seiner Ehefrau Margaret van der Schuren, die einer holländischen Familie entstammte, ein Leben in Wohlstand zu führen. Die Penns bewohnten ein geräumiges Haus in der Nähe des Tower Hill. Es verfügte über eine prächtig gewölbte Hall, ein Empfangszimmer, eine separate Küche, einen mehrfach unterteilten Keller und sogar zwei weitere Stockwerke mit verschiedenen Schlafzimmern. Dort wurde nur ein Jahr nach der Eheschließung seiner Eltern der junge William geboren, dem noch zwei weitere Geschwister, Richard und Margaret, im Abstand weniger Jahre folgten.

In der uralten Kirche All Hallows-by-the-Tower, deren Fundamente bereits in der angelsächsischen Zeit des 7. Jahrhunderts gelegt worden waren, ließen Margaret und William Penn ihren Erstgeborenen nach dem Ritus der anglikanischen Staatskirche taufen. Als Spross eines traditionsverbundenen und pflichtbewussten Elternhauses, dem es an Weltläufigkeit und Prosperität nicht mangelte, sollte sich William gemäß dem Wunsch seines Vaters zu dem Idealtypus eines englischen Gentleman entwickeln. Auf seine erstklassige Erziehung und Bildung wurde großer Wert gelegt. Im Alter von neun Jahren bezog er die zehn Meilen nordöstlich von London in der Grafschaft Essex gelegene Lateinschule von Chigwell, die über einen exzellenten Ruf verfügte. Hier wurde der Junge, der einen rigorosen Stundenplan zu bewältigen hatte, nicht nur in den klassischen Sprachen Griechisch und Latein unterrichtet, sondern auch beständig auf das Befolgen von guten Manieren und Regeln des Benimms aufmerksam gemacht. Er eignete sich eine schwungvolle, schöne Handschrift an und wurde von seinen Lehrern überdies zum Studium der Bibel sowie zum Besuch des sonntäglichen Gottesdienstes ermuntert.

Als Penn die Schule von Chigwell besuchte, war England ein von Umsturz und militärischen Konflikten erschüttertes Land, das gerade erst einen Bürgerkrieg zwischen Royalisten und radikalprotestantischen Puritanern – die den Staat und die anglikanische Kirche von einem absolutistischen Regierungsverständnis und den letzten Resten des römisch-katholischen Ritus reinigen (*purify*) wollten – bis zur Erschöpfung ausgefochten hatte. Siegreich hervorgegangen waren aus diesem Kampf die für mehr parlamentarische Mitspracherechte eintretenden puritanischen Streitkräfte um ihren charismatischen Anführer Oliver Cromwell. Dieser hatte 1649 den englischen Monarchen Charles I. hinrichten lassen, um anschließend durch Parlamentsbeschluss eine Republik auszurufen, das sogenannte Commonwealth of England. Dauerhaft befrieden konnte Cromwell die neue englische Republik jedoch nicht. Ironischerweise schaffte er unter dem Eindruck anhaltender Krisen das Parlament ganz ab, nahm den präsidialen Titel eines Lordprotektors an und schrieb sich die alleinige Gesetzgebungskompetenz zu. Außerdem verwickelte er das Land in neue Kriege mit auswärtigen Mächten. Um einen lästigen Handelskonkurrenten auf den Weltmeeren auszuschalten, provozierte er den ersten englisch-niederländischen Seekrieg, den Englands Flotte für sich entschied. Auch Irland, das Rückzugsgebiet der Royalisten, wurde von Cromwells Armeen bis 1653 mit grausamer Härte zurückerobert. Nach heutigen Schätzungen kamen dabei 200 000 Menschen zu Tode.

Einer der Nutznießer dieser verheerenden Kriege war der Marineoffizier William Penn. Wiewohl er ursprünglich ein Parteigänger des englischen Monarchen gewesen war, hatte er sich nach dessen Hinrichtung aus opportunistischen und patriotischen Motiven dem neuen Lordprotektor angedient und war dafür fürstlich belohnt worden. Mitte der 1650er Jahre übertrug Cromwell dem Seehelden das im Südwesten Irlands zwischen Cork und Killarney gelegene Schloss Macroom mit allen zugehörigen Gütern im Umfang von mehr als 300 Morgen Ackerland. Bevor der neue Eigentümer sich jedoch auf seine stattlichen Besitzungen begab, übernahm er noch weitere militärische Aufträge in Übersee. Er segelte mit seinem Verband in die Karibik, wo er den Spaniern wichtige Kolonien streitig zu machen suchte. Während er die begehrte Insel Hispaniola vergeblich belagerte, hatte er andernorts größeres Schlachtenglück: Mit einem Dutzend gut ausgerüsteter Fregatten gelang es Admiral Penn, die reiche Zuckerinsel Jamaika zu erobern. Sie wurde dem englischen Commonwealth dauerhaft einverleibt.

Sein Sohn William nahm diese dramatischen Ereignisse aus der Ferne wahr. Krieg, Blutvergießen und Kanonendonner kannte er nur vom Hörensagen, aus Erzählungen und Briefen, die ihn in der Abgeschiedenheit seines vom Schlachtenlärm verschonten Lernortes Chigwell am Rande des großflächigen Waldes von Epping erreichten. Doch verspürte er stattdessen in dieser pastoralen Welt der äußeren Ruhe ein intensives inneres Beben, ein seelisches Erzittern, das von ganz anderer, sachterer Art war, und doch einen unauslöschlichen Eindruck hinterließ. Während seiner fortlaufenden Lektüre der Bibel wurde er, wie er sich im Alter erinnerte, regelmäßig »von Freude überwältigt und zu Tränen gerührt«. Einmal widerfuhr ihm ein geradezu mystisches Erlebnis. Er war elf Jahre alt, sein Vater kehrte gerade von der Kriegsfahrt nach Jamaika heim, als ihn in Chigwell eine »unbeschreibliche Freude« überkam und er »einen Schimmer draußen im Raume« wahrnahm, der zu einer niemals zuvor gefühlten Erleuchtung und Klarheit führte – und zu einem daraus resultierenden tiefen inneren Frieden. Seit diesem Augenblick lebte in ihm ein Wissen um eine Wirklichkeit, die er zwar als Jüngling noch nicht in Worte fassen konnte, die er aber niemals mehr vergaß.

Unmittelbar nach seines Vaters Rückkehr aus der

Karibik verließ William mit seiner Familie England und zog auf die neuerworbenen irischen Güter, wo er erneut von einer besonderen religiösen Erfahrung ergriffen wurde. Die Jahre der politischen und militärischen Wirren hatten im Commonwealth bei vielen, die sich zu Beginn des Bürgerkriegs im Staat für Gleichheit und Partizipation auch der einfachsten Bürger eingesetzt hatten, eine tiefe Frustration und politische Resignation bewirkt. Je weniger das staatliche Leben zu versprechen hatte, um so attraktiver wurden für die nach Gerechtigkeit dürstenden Menschen neue Religionsgemeinschaften, die den Frommen und Rechtschaffenen eine geistige und emotionale Heimat boten. Eine derartige kirchliche Sekte, die sich während der Herrschaft Cromwells in England herausgebildet hatte, war die Gemeinschaft der »Kinder des inneren Lichtes«, deren Angehörige sich ab 1652 »Gesellschaft der Freunde« nannten. Sie lehnten jeglichen Waffengebrauch ab und verkündeten die radikale Gleichheit aller Menschen, weshalb ihnen die althergebrachten weltlichen und kirchlichen Hierarchien nichts mehr galten. Von ihren Gegnern wurden sie Quäker genannt (von *to quake* = erbeben), gemünzt auf das Zittern, von dem manche Freunde während ihrer Andachten und Gebete ergriffen wurden. Sie selbst übernahmen die ursprünglich abschätzig gemeinte Benennung als Ehrentitel. Ab 1654 missionierten die Quäker auch in Irland.

Einer ihrer talentiertesten Wanderprediger, Thomas Loe, war 1657 von England aus nach Cork gelangt, wo die Nachrichten von seinem rhetorischen Geschick auch William Penns Vater zu Ohren kamen. Neugierig geworden, lud der weitgereiste Seefahrer den frommen Pilger in sein neues Zuhause ein, um ein eigenes Urteil über die verbalen Fähigkeiten dieses Quäkers zu fällen. Als Loe im Schloss von Macroom eintraf, war die Familie Penn mitsamt dem Gesinde bereits vollzählig versammelt. Die inbrünstig vorgetragenen Überzeugungen des Redners und seine Wortkunst verfehlten ihre Wirkung nicht. Der dreizehnjährige William wurde vom ehrlichen Gesicht des schlichten Mannes berührt, von seiner Demut, seiner Friedfertigkeit und der damit einhergehenden Würde und Menschlichkeit. Die lautere Ansprache traf ihn im Innersten. Es war die zweite religiöse Heimsuchung des jungen englischen Gentleman – und als er seinen Vater, den Admiral, anblickte, sah er, wie auch im wettergegerbten Antlitz dieses hartgesottenen Kriegers »die Tränen von seinen Wangen herabflossen«.

Recht und Gerechtigkeit. Jahre der Ausbildung in Oxford, Frankreich und London

Die bemerkenswerten Gefühlsregungen des älteren Penn hatten allerdings keine nachhaltige Wirkung, sie waren nur vorübergehender Natur. Der überraschende Tod Oliver Cromwells, der im September des Jahres 1658 an den Folgen einer Malariainfektion verstarb, veränderte die Ausrichtung der englischen Politik grundlegend und stellte auch den Admiral vor neue Herausforderungen. Cromwells Sohn Richard, der zunächst als neuer Lordprotektor von England, Schottland und Irland das Commonwealth regierte, konnte sich nicht dauerhaft durchsetzen, so dass sich die republikmüde gewordenen Bürger des Landes nach der Wiederherstellung des Königtums und der alten Ordnung sehnten. Am 25. April 1660 konstituierte sich ein überwiegend aus Royalisten bestehendes Parlament, das den auf dem europäischen Kontinent lebenden Sohn und rechtmäßigen Nachfolger des hingerichteten Monarchen nach England zurückbeorderte, um ihn dort als König Charles II. zu inthronisieren. Eine imposante Flotte von 31 Schiffen der Navy segelte über den Ärmelkanal, um den neuen Herrscher aus dem Exil heimzuholen. Admiral Penn wurde auserkoren, den Monarchen auf seinem Schiff nach England zu eskortieren. Mit beachtlicher Geschmeidigkeit und gestärktem Nationalstolz überstand der ältere Penn auch den zweiten gravierenden Regimewechsel seines Lebens, wobei er diesmal sogar bis in den innersten Zirkel der Macht vorstieß.

Auch für seinen Sohn hatte der Admiral nun hochfliegende Karrierepläne. Von fordernden Hauslehrern war William schon in Macroom mit aller Sorgfalt auf ein Studium in England vorbereitet worden, das er just in dem Moment in Oxford antrat, als die Restaurationsepoche eingeläutet wurde. Charles II., ein noch junger Mann und fröhlicher Libertin, lebte seinen vom strengen Puritanismus ernüchterten Untertanen nun eine Moral der sinnlichen Lebenslust und Freizügigkeit vor. Zur Charakterisierung dieser Ära des lasziven Frohsinns wurde das später so beliebte Wort vom »Merry Old England« geprägt. Die allermeisten Dozenten und Studenten der Universität Oxford – von jeher eine konservative Institution höherer Bildung mit starken royalistischen Neigungen und Tendenzen – fügten sich in die neuen Verhältnisse. Die Hochburg der königstreu-anglikanischen Gelehrtenwelt in Oxford war das bereits im Reformationszeitalter gegründete Christ Church College, das von König Henry VIII., dem ersten Oberhaupt und eigentlichen Begründer der anglikanischen Staatskirche, gestiftet und mit beträchtlichen Finanzmitteln ausgestattet worden war. An diesem auch architektonisch ehrfurchtgebietenden College, dem eine im Hochmittelalter gegründete Kathedrale angegliedert war und in dessen Mauern König Charles I. vor seinem unglücklichen Ende noch einmal Zuflucht gesucht hatte, immatrikulierte sich William Penn auf Betreiben seines Vaters im Oktober des Wendejahres 1660. Wer zu diesem Zeitpunkt in England nicht nur nach akademischer Bildung, sondern auch nach Macht und politischem Einfluss strebte, befand sich hier am richtigen Ort.

Wie sich jedoch schon bald herausstellte, interessierten den sensiblen jungen Studenten aus Macroom diese verlockenden Perspektiven nicht. Vielmehr schloss er sich in Oxford einer Gruppe von akademischen Außenseitern an, die keine Günstlinge der neuen Machthaber werden wollten, sondern die kritische Suche nach Wahrheit und die Freiheit des Gewissens höher schätzten. Kopf und Ideengeber dieses Zirkels war der puritanische Theologe John Owen, ein Nonkonformist, der das Christ Church College in der Zeit des Commonwealth als Dean geleitet hatte und im Moment der Wiedererrichtung der Monarchie seines Amtes enthoben worden war. Owen hielt in seiner Privatwohnung weiter Vorlesungen ab und bot Bibelstunden an, in denen er seine Hörer dazu aufforderte, sich der neuen Ordnung, der er Scheinheiligkeit und Bigotterie vorwarf, innerlich zu widersetzen. Die Universitätsleitung drohte allen Studenten, die sich nicht von Owen lösen mochten, mit Geldstrafen und ernsten Verwarnungen. William Penn, der sich mit zunehmender Intensität auf einer schweifenden religiösen Suche befand und Owen weiter hören wollte, ließ sich von derartigen Mahnungen nicht beeindrucken. Im März 1662 wurde er von der Universität verwiesen und nach Hause geschickt.

Sein Vater war außer sich. Er strafte den renitenten Studenten, der eine glänzende Laufbahn aufs Spiel zu setzen schien, mit Stockhieben und Faustschlägen, »und das«, wie der bekümmerte Sohn nachmals schrieb, »viele Male«. Nachdem sich sein erster, wilder Zorn gelegt hatte, besann sich der Admiral jedoch eines Besseren. William wurde außer Landes geschickt, nach Frankreich, zunächst in die Hauptstadt Paris, um außerhalb der englischen Politik und aller religiösen Diskussionszusammenhänge das strahlende, verführerische Leben der Seine-Metropole zu genießen. Gefragt war mondäne Ablenkung. Eine

Zeitlang bewegte sich der nunmehr Achtzehnjährige nach seiner Ankunft in Paris tatsächlich mit Interesse in den höfischen Kreisen der Stadt, fand auch Gefallen an modischer Kleidung und eleganten Umgangsformen. Mit Leichtigkeit lernte er die französische Sprache. Doch nach Verstreichen der ersten Monate seines Aufenthalts im Zentrum Frankreichs zog er in Richtung Südwesten weiter, in die zwischen Angers und Tours gelegene Stadt Saumur, wo sich eine renommierte und florierende protestantische Akademie befand. Erst 1685 wurde dieser Hort der französisch-reformierten Gelehrsamkeit als Folge des Edikts von Fontainebleau – das einem Generalverbot protestantischer Religion und Kultur in Frankreich gleichkam – dauerhaft geschlossen. Bei seiner im Frühjahr 1663 erfolgten Ankunft in Saumur fand Penn die dortige Hochschule jedoch noch in der Blüte ihres Wirkens vor.

Der herausragende Professor in Saumur war Moyse Amyraut, ein moderater calvinistischer Theologe, der lehrte, dass der gnädige Gott ausnahmslos alle Menschen unter der Bedingung des Glaubens selig machen wollte und konnte. Seine milden religiösen Lehren atmeten eine Weite, die ihn den orthodoxen Vertretern seiner eigenen Konfession durchaus verdächtig machte, ohne dass dadurch seine Stellung an der Akademie jemals ernsthaft in Gefahr geraten wäre. Sein Prestige war zu groß. Bei diesem begabten Hochschullehrer setzte Penn seine in Oxford unterbrochenen Studien fort. Immer offenkundiger wurde, dass der junge Gentleman eine Faszination für die alternativen, subversiven Versionen des Protestantismus nährte. Noch aber hatte er sich weder für den englischen Puritanismus, das Quäkertum oder die französische Variante der reformierten Kirche entschieden. Er hörte zu, nahm auf und bedachte gründlich. Er wog ab, fühlte in sich hinein, blieb gelassen und erwartete den Moment der Entscheidung mit gespannter Aufmerksamkeit und großer Zuversicht.

Als Penn im August 1664 nach London zurückkehrte, hatte er sich rein äußerlich stark und für jedermann sichtbar verändert. Samuel Pepys, Staatssekretär im englischen Marineamt und Nachbar der Familie Penn, vertraute seinem Tagebuch mit lästerlichen Worten an, dass der heimgekehrte Sohn ungemein eitel geworden sei, sich gemäß der französischen Mode kleide und eine ganz »affektierte Art des Sprechens und Einherschreitens« zur Schau stelle. Sein Vater war gerade deswegen hoch zufrieden. Sein Erziehungsplan schien aufgegangen zu sein. Um den gereiften jungen Mann nun für den höheren Staatsdienst ausbilden zu lassen, meldete er ihn in der bedeutendsten Rechtsschule des Landes an: Am 7. Februar 1665 wurde William Penn laut erhaltenem Matrikeleintrag am Lincoln's Inn zugelassen, einer schon im Spätmittelalter begründeten Londoner Ausbildungsstätte für versierte Rechtsanwälte. Hier studierte Penn das heimische *Common Law* genauso wie das Völkerrecht, Rechtsgeschichte und Rechtsphilosophie. Unter der Oberfläche des strebsamen Jurastudenten gärte jedoch auch weiterhin die Frage nach einer die Welt transzendierenden, höheren Gerechtigkeit, nach welcher der Rechtschaffene vor allem streben sollte.

Im Januar 1666 ging der junge Rechtsgelehrte im Auftrag seines Vaters wieder nach Irland, um dort in Angelegenheiten des Eigentumsrechts für ihn tätig zu werden. König Charles II. und der ältere Penn waren übereingekommen, einen Grundstückstausch vorzunehmen. Die Ländereien von Macroom wurden eingezogen und an verdiente Royalisten zurückgegeben, die im Bürgerkrieg zu Schaden gekommen waren. Im unmittelbaren Gegenzug erhielt Sir William Penn dafür das in der Nähe von Cork gelegene Schloss Shanagarry. Dort nahm sein Sohn, der die Transaktion vor Ort aushandelte und überwachte, seinen Wohnsitz. Ein in dieser Zeit entstandenes Porträt, das den 22-jährigen Penn abbilden soll, zeigt einen stolzen jungen Mann mit dunklen Augen in schwarzglänzender Rüstung. Es ist das Bildnis eines selbstbewussten, emporstrebenden und den Betrachter zugleich träumerisch anblickenden Gentleman. Seine Aufgaben erledigte er mit Bravour. Er blieb in Shanagarry länger als zunächst gedacht. Den katastrophalen Brand, der nach einem trockenen und heißen Sommer fast die gesamte Londoner City im September 1666 in Schutt und Asche legte, erlebte er daher nicht. Aber das seelische Feuer, das in ihm fortgesetzt glühte und loderte, verzehrte nun in Irland auch die letzten Widerstände, die ihn bislang von einem unumkehrbaren Schritt in ein neues Leben abgehalten hatten.

Penn, der Quäker.
Verfolgter, Prediger und Schriftsteller

Es war das unvermutete Wiedersehen mit Thomas Loe, jenem redegewandten Quäker, dessen eindringliche Verkündigung bereits ein Jahrzehnt zuvor die gesamte Familie Penn im Schloss Macroom zu Tränen gerührt hatte, das in wenigen Augenblicken alles entschied. Im Spätsommer des Jahres 1667 hatte sich der junge Jurist, um diverse Einkäufe zu erledigen, von Shanagarry in die Stadt Cork begeben, als er auf eine dort heimlich tagende Quäkerversammlung aufmerksam wurde. Seit in der sogenannten Konventikelakte von 1664 alle Privatandachten außerhalb der anglikanischen Kirche, bei denen mehr als fünf Personen zusammenkamen, vom neuen Parlament für verboten erklärt worden waren, galten Treffen von Quäkern als illegale, nicht zu duldende Veranstaltungen. Gravierende Verstöße gegen dieses Parlamentsgesetz – das übrigens auch gegen Puritaner und alle anderen nonkonformistischen Religionsgemeinschaften gerichtet war – wurden mit einer Gefängnisstrafe von mindestens drei Monaten geahndet. Penn ließ sich auch diesmal nicht durch schwere Drohungen von seiner allem übergeordneten Suche nach religiöser Wahrheit abbringen. Er suchte die Quäkergemeinde in Cork auf und hörte Loe, der diesmal über den wahren und den falschen Glauben sprach.

»Es gibt einen Glauben, der die Welt überwindet«, begann Loe seine Ansprache, »und einen Glauben, der von der Welt überwunden wird«. Wer den Frieden des inneren Lichts im Vertrauen auf einen milden und gütigen Gott nur intensiv genug verspüre, fuhr der Prediger fort, der verfüge über eben jenen befreienden Glauben, der die Welt überwindet. Niemals mehr werde sich ein derart gläubiger Mensch von weltlichen Autoritäten einschüchtern lassen oder vor den waffenklirrenden Gewalten dieser Erde sein Haupt beugen. Loes Rede erreichte Penn in der Tiefe seines Herzens, und noch unter dem Eindruck ihrer Wirkung hielt er die Predigt für den unmittelbaren Ausdruck des göttlichen Wortes. »Es war in diesem Augenblick«, schrieb Penn später, »als mich der HERR heimsuchte, mit einem bestimmten Brausen, und mit dem Zeugnis seines ewigen Wortes«. Und auch Penn legte Zeugnis ab. Kaum hatte Loe geendet, als sich ihm sein junger Hörer zuwandte, von seinem Platz erhob und den von ihm nicht mehr zu unterdrückenden Tränen für alle sichtbar freien Lauf ließ. Seine Tränen sollten zur ganzen Versammlung sprechen. Sie waren als stilles und doch unübersehbares Bekenntnis gemeint. Penn war nun einer von ihnen, ein Freund und Quäker.

Nicht dass es Penn vor dieser Bekehrung an Tapferkeit und Entschlossenheit gemangelt hätte. Immer schon hatte er unter Beweis gestellt, dass er seinen eigenen Weg gegen alle Hindernisse und Widerstände gehen konnte. Doch ab sofort verfügte sein Mut über das Fundament eines unbeirrbaren Glaubens. Fortan nahm er regelmäßig an den Versammlungen seiner neuen Glaubensbrüder teil, übernachtete mitunter in ihren Wohnungen und meldete sich in Andachten zunehmend selbst zu Wort. Auch am 7. September 1667 nahm er in Cork an einem Treffen von neunzehn Quäkern teil, als ein Soldat und Ordnungshüter des städtischen Magistrats, der von dem geheimen Versammlungsort erfahren hatte, unversehens vorstellig wurde, um die Gruppe aufzulösen und auseinanderzutreiben. Der empörte Penn, der sich über den Eindringling maßlos ärgerte, griff den Soldaten beim Kragen und wollte ihn aus dem Haus prügeln. Doch die anderen Quäker erinnerten ihren frisch konvertierten Freund flehend daran, dass sie roher Gewalt niemals mit rabiater physischer Gegenwehr begegnen durften. Ihr Weg war ein Weg des Friedens und der leidenden Duldsamkeit. Als noch weitere bewaffnete Soldaten eintrafen, ließ sich die Gruppe von ihnen widerstandslos ins Gefängnis führen. Penn, der bis zu diesem Moment noch das einem Gentleman zustehende Schwert getragen hatte, gürtete es ab, um in einer hochgerüsteten Welt von nun an nie wieder die Faust oder die Waffe gegen irgendjemanden zu erheben.

Von der Verhaftung Penns erfuhr sein entsetzter Vater schon im Oktober. In einer Reihe von Briefen forderte er ihn auf, nach seiner Freilassung sofort und unverzüglich nach England zurückzukehren. Der Sohn gehorchte. Wenige Tage vor dem Weihnachtsfest traf er im väterlichen Haus ein, wo er eine Tirade von schweren Vorwürfen über sich ergehen lassen musste. Sein Erbe, so wurde ihm bedeutet, werde ihm für lange Zeit nicht ausbezahlt oder gar entzogen, sollte er sich dazu entscheiden, ein Quäker zu bleiben. Die Drohung verfing nicht. So wies der Vater dem Sohn verbittert die Tür. Unterschlupf fand der nun Obdachlose stattdessen bei seinen Quäkerfreunden, an ständig wechselnden Orten, die oftmals nur den Eingeweihten bekannt waren. Er begann zu predigen und auch schriftstellerisch zu wirken. Vor allem seine eloquenten Pamphlete, die auch in Druck gingen, erreichten viele Leser. Der in Chigwell, Oxford und Saumur geschulte junge Mann stellte sein großes sprachliches Talent voller Freude in den Dienst der Freunde. Penn wurde eine unverkennbare Stimme und ein wichtiges Sprachrohr der englischen Quäkergemeinde.

Die staatlichen Behörden versuchten den Verfasser der aus ihrer Sicht gefährlichen und aufrührerischen Traktate schnellstens unschädlich zu machen. Im Dezember 1668 wurde er aufgespürt. Der als Wiederholungstäter eingestufte Penn musste nun eine neunmonatige Haft antreten. Seine Gefängnisstrafe verbüßte er im Londoner Tower, wo er in einem winzigen Stübchen unter dem Dach in eisiger Kälte schmachten musste. Die ihm gereichten Mahlzeiten waren an Dürftigkeit kaum zu überbieten. Seine noch vollen Haare fielen dem erst 25-jährigen Häftling fast vollständig aus. Doch er nahm dieses Leiden an, las die Bibel, deren Lektüre ihm gestattet blieb, und nutzte die Zeit, um seine dabei aufkommenden Gedanken zu notieren. So entstand im Verlauf des Jahres 1669 ein Essay, dem er den Titel *No Cross, No Crown* gab. Penn argumentierte darin, dass jeder aufrichtige Mensch, der in die Nachfolge des Jesus von Nazareth eintrete, beständig dazu bereit sein müsse, wie dieser sein Kreuz auf sich zu nehmen, um das unverlierbare Leben zu gewinnen. Ohne das Leiden sei die Krone des Lebens nicht zu erlangen. Beim Verweis auf diese Weisheit berief er sich sogar auf Philosophen der vorchristlichen Antike, wie Sokrates und Cicero, vor allem aber auf die für ihn besonders vorbildlichen Helden des Protestantismus, wie Johannes Calvin und Martin Luther. Diese hätten gezeigt, dass das gute Leben nicht in klösterlicher Abgeschiedenheit gelinge, sondern nur inmitten des Wütens der Welt. Duldsamkeit und Leidensfähigkeit, so Penns Schlussfolgerung, »treibt Menschen nicht aus der Welt heraus, sondern sie ermöglicht es ihnen, darin besser zu leben, und sie begeistert sie für die Anstrengungen, sie zu heilen«.

Es gab nicht wenige Quäker, die anders dachten. Für sie war die Welt weder zu heilen noch zu verbessern. Die Erde musste als Tal der Tränen akzeptiert und durchwandert werden, nur so konnte der duldsame Gläubige sich auf das ewige Leben vorbereiten, wo allein das Heil wartete. Penn hingegen, der Rechtsanwalt, hielt sich zwar aus Überzeugung an den Waffenverzicht der Quäker, der ihn körperlich verwundbar machte. Doch mit der Schärfe seines Geistes und der Macht seiner Zunge wollte er als Schreibender und Predigender Widerstand leisten. Er trat für die Freiheit des Gewissens ein und hielt diese für das verbriefte Privileg jedes Engländers. Demnach war die Konventikelakte für ihn die Ausgeburt eines pervertierten Rechtsdenkens. Er wollte Englands Gesetze reformieren. Dafür war er bereit zu leiden. So ging er wieder, nachdem er aus der Haft entlassen worden war und sich eine gewisse Zeit der Erholung gegönnt hatte, auf die Straßen Londons, um weiter mit Worten für das Recht zu streiten.

Am 14. August 1670 predigte er – gemeinsam mit dem neu konvertierten Quäker William Mead, einem ehemaligen Offizier Cromwells – in seiner Geburtsstadt unter freiem Himmel. Hunderte strömten ihnen zu, Freunde und Schaulustige, die sie umringten und bestaunten. Schon bald wurde die Menge von den Hütern der staatlichen Ordnung auseinandergetrieben. Mead und Penn wurden in Untersuchungshaft genommen. Vierzehn Tage darauf begann im Strafgerichtshof Old Bailey der Prozess gegen die beiden Männer, denen die Vorbereitung eines Aufruhrs zur Last gelegt wurde. Es stellte sich jedoch bei der Befragung der Zeugen heraus, dass niemand wiedergeben konnte, was Penn und Mead eigentlich gesagt hatten. Die Jury befand daher, dass der bloße Tatbestand des Sprechens keine Verurteilung rechtfertige, und plädierte einstimmig auf Freispruch. Dieses mutige Verdikt wollte der vorsitzende Richter jedoch nicht hinnehmen. Er sperrte die couragierte Jury gemeinsam mit den Angeklagten ins Gefängnis von Newgate. Acht Juroren gaben klein bei, zahlten ein Bußgeld und wurden sofort entlassen. Vier Männer der außergewöhnlichen Jury – Edward Bushel, John Hammond, Charles Milson und John Baily – blieben jedoch in bewunderungswürdiger Weise standhaft, so dass der Fall, der in ganz England großes Aufsehen erregte, letztlich vom höchsten Zivilgericht des Landes entschieden werden musste: Der *Court of Common Pleas* besann sich auf die Prinzipien des Rechts und befand, dass eine Jury sich nur von der unbefangenen Betrachtung der Fakten leiten lassen dürfe, niemals jedoch von den erpresserischen Drohungen eines Richters. Die Gefangenen von Newgate wurden entlassen – und Penn hatte bewiesen, dass der Leidensbereite die Verbesserung des weltlichen Rechts sehr wohl herbeiführen konnte.

Asyl in der Neuen Welt

Nur eine Woche nach Penns Entlassung aus der Haft starb sein Vater, der schon seit längerem schwer erkrankt war. Während der letzten Tage seines Siechtums stand ihm sein Erstgeborener, den er für so lange Zeit aus seinem Leben verbannt hatte, nun wieder an seinem Krankenlager zur Seite. Der Admiral hatte sich auf überraschende Weise versöhnlich gezeigt, denn er wollte nicht im Unfrieden aus dem Leben scheiden. Auch hatte er im Laufe der Zeit doch gehörigen Respekt vor der Standhaftigkeit seines Sohnes erlangt, vor dem unerhörten Mut, mit dem er für die Freiheit des Gewissens eintrat, die der im Recht so bewanderte Quäker noch dazu als das Vorrecht eines jeden Engländers auswies. Davon ließen sich sowohl das nationale Ehrgefühl als auch der väterliche Stolz ansprechen und beeindrucken. Jedenfalls verfügte Sir William Penn, als er seinen letzten Willen bekannt gab, um das Erbe unter seiner Frau und seinen Kindern gerecht aufzuteilen, dass der erstgeborene Sohn seinen gesamten Landbesitz erhalten sollte und dazu auch, als sentimentales Souvenir, eine goldene Medaille, die dem Seehelden noch von Cromwell für seine Verdienste um England verliehen worden war.

Dem großzügig bedachten Erben, der nun ein außerordentlich wohlhabender und begüterter Mann war, bedeutete die am Ende doch noch geglückte Annäherung an den Vater weit mehr als der gewonnene Besitz. Sie stärkte seinen Geist, dessen Scharfsinn und große Entschlusskraft im Kampf um die Rechte und Freiheiten der leidenden Quäker gefragter waren denn je. Penn besuchte auch weiter ihre Versammlungen. Spione folgten ihm dabei auf Schritt und Tritt, denn die im Rechtsstreit unterlegenen Mächte sannen auf Revanche. Und da Penn sich nicht ängstlich zurückhielt, wurde er im Februar 1671 bei einer illegalen Ansprache, deren Wortlaut eifrig notiert wurde, ertappt und zu einer sechsmonatigen Haftstrafe in Newgate verurteilt. Wieder nutzte er diese Zeit dazu, seine Gedanken zu ordnen und zu Papier zu bringen. Im Gefängnis vollendete er die Schrift *The Great Case of Liberty of Conscience*, ein Plädoyer für Gewissensfreiheit, in dem er erneut »unsere protestantischen Vorfahren« und insbesondere »Martin Luther« als seine großen Vorbilder beschrieb. Zudem verwies er die engherzige englische Regierung auf das föderale deutsche Reich als einen europäischen Modellstaat, welcher seit dem 1648 unterzeichneten Westfälischen Frieden von der religiösen Vielfalt seiner Gliedstaaten profitiere: »Die derzeitigen politischen Angelegenheiten von Deutschland zeigen uns deutlich«, so Penn, »dass Toleranz die Staaten des Reichs schützt«.

Ungebrochen und beharrlich vertrat Penn auch nach der Entlassung aus dem Gefängnis von Newgate die Interessen seiner Glaubensbrüder. Auf die Erfüllung seiner privaten Wünsche und Bedürfnisse musste er deswegen nicht verzichten. Im Frühjahr 1672 heiratete er Gulielma Springett, eine nahezu gleichaltrige, schöne und gebildete Frau, die er schon vier Jahre zuvor in einer Familie von Quäkern kennengelernt hatte. Beide teilten die Empfindung, dass sie »von der Vorsehung füreinander gemacht« waren. Mit Langmut hatte auch Gulielma, die von ihrem Geliebten »Guli« genannt wurde, die Haftstrafen des Bräutigams ertragen. Ihre Hochzeitsfeier war daher die festliche Krönung gegenseitiger Loyalität und Treue. In Rickmansworth, einem Städtchen im Nordwesten von London, bezogen sie ein eigenes Haus. Schwere Prüfungen blieben den Eheleuten dort nicht erspart. Ihre ersten drei Kinder, ein Mädchen und ein

Zwillingspaar, starben bald nach der Geburt. Erst 1675 brachte Guli Penn einen gesunden Sohn – Springett Penn – zur Welt, der das Erwachsenenalter erreichte und seine Eltern beglückte.

Die Penns lebten in Rickmansworth zurückgezogen und in einer selbstgewählten Abgeschiedenheit. Die Sorge um den eigenen Nachwuchs – auch eine Tochter, Laetitia, wurde ihnen nun geschenkt – und der Genuss des Familienlebens füllte die Jungvermählten nach aufreibenden Jahren der Trennung vollständig aus. Um aber der Sache der Quäker auch weiterhin dienen zu können, wechselte der Familienvater nun mit Bedacht seine Strategie. Statt sich auf der Suche nach immer neuen Konfrontationen ins Getümmel der Hauptstadt zu werfen, wirkte er jetzt in der Stille von seinem Schreibtisch aus. Hoch konzentriert formulierte er als gewiefter Rechtsbeistand Briefe und Eingaben, mit denen er seinen in Bedrängnis geratenen Freunden wirkungsvoll Wege aus ihren vielfältigen Bedrückungen eröffnete. Außerdem sann er unablässig darüber nach, wie er die englische Regierung und den König – der seinem Vater einst so gewogen gewesen war – davon überzeugen konnte, friedfertigen und gutmütigen Nonkonformisten nicht weiter nachzustellen. Er schickte entsprechende Petitionen an Charles II. und das Parlament, in denen er immer wieder auf die Freiheit des Gewissens als englisches Grundrecht zu sprechen kam und auf die Notwendigkeit, die Gesetze zu reformieren. Den führenden Quäker George Fox, einen der Mitbegründer der »Gesellschaft der Freunde«, bewahrte er durch seine kenntnisreichen Schreiben davor, als Eidverweigerer eine lebenslange Haftstrafe verbüßen zu müssen.

Trotz einzelner Erfolge in individuellen Fällen gelang es Penn jedoch nicht, die englische Regierung und das Parlament zu einem grundlegenden Gesinnungswandel zu bewegen. Ab 1675 begann Penn daher ernsthaft mit der Suche nach einem außerhalb Europas gelegenen Ort, an dem die Quäker ihren Glauben ungestört leben konnten, ohne Haftstrafen oder jene alltäglichen Schikanen fürchten zu müssen, denen sie in England permanent ausgesetzt waren. Er richtete den Blick nach Amerika. In einem ursprünglich von den Holländern kolonisierten Territorium im Süden der Stadt New York, das 1664 von den Engländern in Gänze erobert worden war und inzwischen New Jersey hieß, hatten zwei reiche Londoner Quäker, John Fenwick und Edward Byllinge, zu Beginn der 1670er Jahre große Landstriche erworben. Zwischen ihnen waren jedoch schon bald Streitigkeiten hinsichtlich der Interpretation ihrer jeweiligen Eigentumsrechte entstanden. Penn wurde gebeten, zwischen den beiden Männern zu vermitteln. Dem erfahrenen Mediator gelang es nicht nur, einen tragfähigen Konsens herzustellen, sondern er wurde von Byllinge sogar nachdrücklich darum gebeten, als dessen Treuhänder eine Art Verfassung für den westlichen Teil von New Jersey zu entwerfen.

Penn ließ sich darauf ein und legte Anfang des Jahres 1677 die sogenannten *West New Jersey Concessions and Agreements* vor, eine Charta, die einer von den Siedlern gewählten Bürgerversammlung weitgehende Rechte bei der politischen Mitgestaltung dieser amerikanischen Landschaft einräumte. Außerdem bemühte er sich darum, Quäkern und anderen Nokonformisten die Vorstellung schmackhaft zu machen, Europa zu verlassen, um in Amerika ein neues und besseres Leben anzufangen. Die Vorzüge der neuen Kolonie, die das rechtmäßige Eigentum von vermögenden Quäkern war, wurden noch im selben Jahr in einem Pamphlet beschrieben, das den Titel *The Description of West New Jersey* trug und unter den Freunden in Europa zirkulierte. Penn hatte dieser Beschreibung von West New Jersey zudem noch einen aufmunternden Brief aus seiner Feder beigefügt. Die Marschroute war jetzt abgesteckt: Ein Asyl des Friedens würden die Quäker vorerst nur in der Neuen Welt finden, doch hatten sie es ab sofort selbst in der

Hand, ihre kühnsten Träume und Visionen dort zu verwirklichen.

Penns Reisen in Deutschland

Penn war nun wieder in Bewegung geraten. Die Beschäftigung mit Amerika weckte neue Hoffnungen. Hochfliegende Pläne für eine florierende Quäkerkolonie jenseits des Atlantiks wurden geschmiedet. Doch die Notwendigkeit, möglichst viele geeignete und gleichgesinnte Kolonisten für dieses einzigartige Projekt zu interessieren und auch anzuwerben, trieb ihn zunächst auf den europäischen Kontinent. Es zog Penn nach Deutschland, ins Stammland der lutherischen Reformation, wo sich ebenfalls seit der Mitte des 17. Jahrhunderts Quäkergemeinden gebildet hatten. Vielen deutschen Protestanten schien das Luthertum seit geraumer Zeit in starrer Orthodoxie zu verharren, sie suchten deshalb nach neuen und lebendigen Formen des Glaubens. Neben den Quäkern waren es im deutschen Reich vor allem die Pietisten, die eine gefühlsbetonte Spiritualität erprobten. Ihre praktische Frömmigkeit, die sie lateinisch »Praxis Pietatis« nannten, hatte ihnen den von ihren Gegnern erfundenen Gruppennamen eingetragen, der als spöttische

Bezeichnung für »Frömmler« gemeint war. Begründer der pietistischen Bewegung in Deutschland war Philip Jacob Spener, ein lutherischer Hauptpfarrer in Frankfurt am Main, der ab 1670 in seinem Studierzimmer einen Andachtskreis leitete, in welchem die gemeinsame Bibellektüre und die gegenseitige Erbauung der Teilnehmer im Mittelpunkt stand. Zahlreiche Frankfurter Familien ahmten Speners Zusammenkünfte in frommen Hauskreisen nach. Oft las man in diesen Konventikeln auch Speners 1675 erschienene Hauptschrift *Pia desideria oder herzliches Verlangen nach gottgefälliger Besserung der wahren evangelischen Kirche*. Zu diesen Frankfurter Pietisten wollte Penn Kontakt aufnehmen.

Als er Anfang August 1677 über Holland nach Deutschland gelangte und zunächst in Osnabrück übernachtete, fasste er jedoch den Entschluss, das Reich auch möglichst umfassend zu bereisen. Er war neugierig auf Land und Leute, auf die politische Verfassung dieses aus mehreren Staaten bestehenden föderalen Gebildes und auch auf die zwischen Nordsee und Alpen praktizierte religiöse Toleranz, die er in seinem sechs Jahre zuvor verfassten Traktat über die Gewissensfreiheit so sehr gelobt hatte. Das Grundgesetz des Heiligen Römischen Reiches – wie Deutschland seit dem Mittelalter auch genannt wurde – war die Goldene Bulle von 1356. Danach erfreuten sich große deutsche Staaten wie Bayern, Württemberg oder Sachsen der gleichen Rechte wie die dicht bevölkerten kleineren Stadtrepubliken und freien Reichsstädte Frankfurt oder Augsburg. Durch den Augsburger Religionsfrieden von 1555 und noch einmal durch den Westfälischen Frieden von 1648 hatten die föderativen Prinzipien der deutschen Reichsverfassung im Reformationsjahrhundert und im Zeitalter der Konfessionalisierung ihre doppelte Bestätigung gefunden. Seither gab es in Deutschland neben den römisch-katholischen Territorien auch lutherische und calvinistische Staaten. Über die dominierende Konfession eines deutschen Landes entschieden Fürst oder Stadtregierung gemäß dem Verfassungsprinzip »Cuius regio, eius religio« (im damaligen Sprachgebrauch auf Deutsch auch »Wes der Fürst, des der Glaub«). Ausnahmen von dieser Regel konnte der auswärtige Reisende allerdings auch bestaunen. Augsburg hatte einen gemischten, katholisch-lutherischen Magistrat und das Fürstbistum Osnabrück wurde abwechselnd von katholischen und lutherischen Herrschern regiert.

Penn lernte auf seiner dreimonatigen Tour durch Deutschland eine Vielzahl von deutschen Staaten kennen. Bis zu seiner im Oktober angetretenen Rückreise nach England besuchte er Bremen, Frankfurt am Main und Köln, durchquerte die geistlichen Kurfürstentümer Köln, Trier und Mainz und die Fürstbistümer Münster, Osnabrück und Paderborn. Er hielt sich im zwischen Heidelberg, Mannheim und Düsseldorf gelegenen Kerngebiet der Kurpfalz auf, machte Visiten in der Landgrafschaft Hessen-Kassel und in der Grafschaft Lippe. Schließlich kam er auch durch die am weitesten westlich gelegenen Provinzen des Kurfürsten von Brandenburg, Kleve, Mark und Ravensberg. Penn reiste nicht alleine, eine Gruppe von Quäkern und seine beiden Diener begleiteten ihn. Meist fuhren sie in Ochsenkarren oder gingen zu Fuß, denn Postwagen, die sie nur selten benutzen, gab es damals erst wenige. Auch die Flüsse, auf denen Boote verkehrten, waren wichtige Verkehrswege. Über alle Erlebnisse und Beobachtungen führte Penn Buch, sein erhaltenes Reisejournal ist deshalb ein literarischer Schatz voller wertvoller Informationen.

Penn zeigte sich von der konfessionellen Vielfalt und dem nach langen Kämpfen endlich etablierten Religionsfrieden Deutschlands fasziniert, doch fühlte er sich in den protestantischen Staaten deutlich wohler als in den katholischen Ländern. In seinen Augen stellten die katholischen Bistümer Mainz und Paderborn, so Penn im Tagebuch, nur »oberflächliche Religion« und eitlen Glanz zur Schau, es fehle den Menschen dort das »innere Licht«. Die für ihn fruchtbarsten Unterhaltungen führte er in den lutherischen und calvinistischen Regionen des Reiches. In der Stadt Duisburg begegnete er dem reformierten Rektor der Düsseldorfer Lateinschule, Joachim Neander, den er als geistreichen und frommen Gesprächspartner beschrieb. Dieser eloquente Schulmann sei »dem Reich Gottes sehr nah«. Neander hatte sich bis 1674 in Frankfurt aufgehalten, wo er unter den nachhaltig prägenden Einfluss von Spener geraten war. Seither leitete er auch in Düsseldorf separatistische Erbauungsversammlungen. Penn ahnte allerdings nicht, dass Neander als einer der größten und bedeutendsten Verfasser deutscher Kirchenlieder in die Geschichte eingehen würde. Drei Jahre nach seinem Gespräch mit Penn veröffentlichte Neander den nachmals berühmten Choral »Lobe den Herren, den mächtigen König der Ehren«, ein Lied, das nicht nur in Gottesdiensten gesungen werden sollte, sondern stattdessen, wie es im Titel weiter heißt, auch »auff Reisen, zu Hauß oder bei Christen-Ergetzungen im Grünen«. Diese Sangeslust hätte Penn schwerlich gefallen, denn Quäker blickten mit Geringschätzung auf den Gemeindechoral herab. Sie bevorzugten in ihren Versammlungen die Stille und das gesprochene

Wort. Als Penn sich in Lippstadt aufhielt, einer von Brandenburg und Lippe gemeinsam verwalteten protestantischen Stadt in Westfalen, mokierte er sich daher darüber, dass die Vertreter der dortigen Gemeinde, mit denen er sich grundsätzlich »sehr gut« unterhalten habe, Choräle anstimmten, die sie »Lutherische Lieder und manchmal auch Psalmen« nannten, was er als unschöne »Mode dieses Landstrichs« abtat. Die Westfalen ließen sich das Singen aber nicht verleiden.

Gespannt war Penn auf die Begegnungen mit den Bürgern von Frankfurt. Zu seiner Freude wurde er in der Reichsstadt am Main, die seit 1562 auch Wahl- und Krönungsort der deutschen Kaiser war, sehr herzlich empfangen. Die Gespräche verliefen so gut, dass er sich spontan dazu entschloss, wie er seinem Tagebuch anvertraute, noch »länger in dieser Stadt zu bleiben« als eigentlich geplant. Eine knappe Woche verbrachte Penn in Frankfurt, wo er mit Jacobus Vandewalle, Johanna Eleanora von Merlau, Juliane Bauer van Eysseneck und dem Arzt Dr. Johann Wilhelm Peterson führende Persönlichkeiten aus dem pietistischen Umfeld des Predigers Spener kennenlernte. Ob er mit ihnen auch über Siedlungspläne in Amerika sprach, ist dem Reisejournal nicht zu entnehmen. Bemerkenswert ist jedoch, dass Vandewalle und Peterson sich beide in der nicht lange nach Penns Besuch gegründeten »Frankfurter-Land-Kompagnie« engagierten, die 1682 in Amerika 25 000 Acres Land erwarb. Für die Vermittlung dieses Landkaufs zeichnete Penn verantwortlich, der damit sein selbstgestecktes Ziel, auch deutsche Pietisten für das Projekt einer gemeinsamen Kolonisierung der amerikanischen Ostküste zu begeistern, als wichtigstes Ergebnis seiner Reise durchs Reich erreicht hatte.

Pennsylvania, das »Heilige Experiment«

Die ersten deutschen Siedler ließen sich allerdings nicht in New Jersey nieder, sondern in einer neuen Kolonie, deren Eigentümer Penn selbst war. Denn nach seiner Rückkehr nach England und der Geburt der Tochter Laetitia hatte er dem König einen schon von langer Hand vorbereiteten Vorschlag unterbreitet, der darauf abzielte, vom Monarchen Land aus dem amerikanischen Besitz der Krone mit allen zugehörigen Eigentumsrechten übertragen zu bekommen. Wie Penn wusste, hatte sein Vater dem Herrscher Englands mehrfach Geld vorgestreckt, insgesamt 16 000 Pfund, eine stolze Summe, die der Sohn als Erbe des Vermögens wieder in Erinnerung brachte.

Er schlug Charles II. vor, im Austausch gegen den gewünschten Landbesitz in Amerika offiziell auf die Rückzahlung der ihm geschuldeten Gelder zu verzichten. Es ist kaum anzunehmen, dass der alte Admiral Penn die der Krone ausgelegten Gelder jemals ernsthaft zurückgefordert hätte, er betrachtete seine Gaben als pflichtschuldig erbrachte Dienstleistungen für sein Land. Noch schwerer fällt es zu glauben, dass der König die erhaltenen Gelder in irgendeiner Weise als Schulden betrachtete, hatte er doch viele Gläubiger – die sein Gewissen nicht im mindesten peinigten – vergeblich auf die Wiedererstattung ihres verauslagten Kapitals warten lassen. Dennoch ging er auf Penns Tauschangebot ein, denn ihm war klar, dass er auf diese Weise mit einem Federstrich alle Quäker und Nonkonformisten, die seinen Staat in beständiger Unruhe hielten, bequem loswerden konnte. Penn gab sich auch über die Motivation des Königs keinen Illusionen hin. In einem Brief aus späterer Lebenszeit erinnerte er die amerikanischen Kolonisten rückblickend daran, dass »die Regierung im Mutterland froh war, uns zum günstigen Preis von einem kleinen Stück Pergament« in eine »3000 Meilen entfernte Einöde« abschieben zu können.

So kam es dazu, dass Penn nach langen Verhandlungen mit der englischen Regierung am 4. März 1681 per Erhalt einer entsprechenden Charta zum alleinigen Besitzer eines erklecklichen Landstrichs jenseits des Flusses Delaware bestimmt wurde, eines breiten Stroms, der die westliche Grenze von New Jersey darstellte. Dieses 45 000 Quadratmeilen umfassende Gebiet, das überwiegend aus dichten Wäldern bestand, sollte gemäß dem Willen des Königs nach Admiral Penn, dem verdienten Seehelden, zu dessen bleibendem Ruhm benannt werden. So hieß die neue Kolonie fortan »Pennsylvania«, zu Deutsch »Penns Waldland«. Den Namen ihrer Hauptstadt, die nach Penns eigenen Plänen auf der Grundlage eines schachbrettartigen Straßennetzes am Westufer des Delaware errichtet werden sollte, suchte er selbst aus. »Philadelphia« sollte sie heißen, so wie jene antike griechische Stadt, deren Christenschar im biblischen Buch der Offenbarung als einzige der sieben vom Apostel Paulus geprägten Gemeinden Kleinasiens dem Lamm Gottes, Jesus Christus, auch in Zeiten schwerster Anfechtung mit großer Duldsamkeit treu geblieben war.

Noch im Frühjahr 1681 verfasste der Koloniegründer ein Werbeschreiben, in welchem er den Lesern die Vorzüge Pennsylvanias anpries. Das Flugblatt war in erster Linie an die Einwohner der britischen Inseln gerichtet, doch zirkulierte es in niederländischen und deutschen Übersetzungen auch auf dem europäischen

Kontinent. Da Penn selbst noch niemals in Amerika gewesen war, kannte er die Gegebenheiten vor Ort nur vom Hörensagen. Entsprechend allgemein gehalten war seine Darstellung der Landschaft und der agrarischen Wirklichkeit. Fleißige Pflanzer würden sich in der neuen Kolonie gewiss ein gutes Einkommen durch den Anbau von Tabak oder Mais verdienen können, mutmaßte er, und Bauern könnten durch die Haltung von Rindern und Schweinen auskömmlich leben. In der Stadt Philadelphia hätten alle Arten von Handwerkern und Kaufleuten zweifellos die gute Möglichkeit, mit den Farmern des Umlandes regen Handel zu treiben. Auch sie würden daher in Pennsylvania voll auf ihre Kosten kommen. Sehr viel genauer wurde Penn dann bei der Beschreibung der politischen Vorteile der neuen Provinz. Jeder, der sich »mit seiner Familie nach Übersee« begebe, erhalte von ihm »die Macht des Gesetzgebers«, denn kein Gesetz würde dort jemals erlassen werden, ohne die volle »Zustimmung« der Mehrheit der Siedler, »zu ihrem eigenen Wohlstand und zu ihrer Sicherheit«. Eine echte Selbstregierung der pennsylvanischen Bürger sei somit sein Versprechen an diejenigen, die mit ihm, dem Eigentümer, am Delaware ein neues Gemeinwesen aufbauen wollten.

Und Penn gewährte den Siedlern in Pennsylvania

eine umfassende Freiheit des Gewissens. Im Mai 1682 erließ er noch in England ein Grundgesetz für seine amerikanische Kolonie, den *Frame of Government of the Province of Pennsylvania*. Darin postulierte er, dass alle Regierungsmacht nur mit Respekt und »Ehrfurcht vor dem Volk« ausgeübt werden dürfe, um »das Volk vor dem Missbrauch der Macht zu schützen«. Alle mit Landbesitz ausgestatteten Bürger der Kolonie seien deshalb berechtigt, als »Free-men« eine Anzahl von Abgeordneten ins Kolonialparlament, die sogenannte »General Assembly«, zu entsenden. Dieses Parlament werde an der politischen Willensbildung der Regierung beteiligt. In einer nachträglich angefügten Präambel statuierte Penn dann noch, dass keine in Pennsylvania lebende Person »wegen ihrer Gewissensüberzeugungen und Glaubenspraktiken belästigt und mit Vorurteilen bedacht« werden solle. Auch dürfe niemand dazu gezwungen werden, »eine der eigenen Anschauung entgegengesetzte religiöse Andacht abzuhalten«. Es ging Penn also nicht darum, alle Freiheiten der religiösen Lebensführung ausschließlich den Quäkern zu gewähren, sondern Gewissensfreiheit auch den anderen Konfessionen und Religionen zu garantieren, selbst denen, deren Überzeugung er nicht teilte – jedenfalls solange diese sich friedlich verhielten. Das war die großherzige Konsequenz, die er aus den schlimmen Erfahrungen seiner eigenen Leidensgeschichte zog.

Mit seinen Verfügungen ging er weit über die in Deutschland gewährte Toleranz hinaus, denn im frühneuzeitlichen Reich lebten die verschiedenen Religionen ja im Wesentlichen nach Staaten getrennt. In Pennsylvania jedoch entwickelte sich schon in den ersten Jahrzehnten nach Gründung der Kolonie auf der Grundlage des *Frame of Government* allerorten ein gleichberechtigtes Miteinander von Quäkern, Lutheranern, Calvinisten, Mennoniten, Baptisten, Katholiken – und den ab 1740 auch hier lebenden Juden. Sie alle wohnten in den gleichen Siedlungsgebieten oder Stadtvierteln, oftmals sogar Tür an Tür, hatten dort auch ihre Kirchen und Synagogen und gingen verträglich miteinander um. Da Pennsylvania Siedler aus Großbritannien, Irland, Deutschland, der Schweiz, Schweden und den Niederlanden anlockte, entstand hier schon bald ein buntes Gemisch aus Sprachen, Kulturen und Völkerschaften. Pennsylvania entwickelte sich von Anfang an zu einem mehrsprachigen, multikonfessionellen und multiethnischen Gemeinwesen – und genau das hatte der Gründer beabsichtigt.

Als Penn im Oktober 1682 erstmals nach Amerika reiste, um seine Kolonie in Augenschein zu nehmen und den ersten Siedlern, die sich mit ihm auf den Weg gemacht hatten, Anweisungen zum Aufbau der neuen Hauptstadt Philadelphia zu geben, war ihm zudem daran gelegen, auch die im Umland lebenden Indianer vom Stamm der Delawaren (oder Lenni Lenape) in sein völkerverbindendes Friedensprojekt einzubeziehen. Obwohl ihm sein Land ja von der englischen Krone übertragen worden war, leistete er den Lenni Lenape – für das ursprünglich nur von ihnen genutzte Land – faire Ausgleichszahlungen. Ihren Lebensstil respektierte er voll und ganz. Penn zeigte auch keinerlei Angst vor den amerikanischen Ureinwohnern, weshalb er mit Vorsatz darauf verzichtete, die Stadt Philadelphia zu befestigen. Er strebte eine friedliche Koexistenz aller dort lebenden Menschen an. Den Versuch der Verwirklichung dieser kühnen Utopie bezeichnete er als sein »Heiliges Experiment«. Und Penn glaubte fest daran, mit der Errichtung der Kolonie Pennsylvania den »Samen einer Nation«, wie sie die Weltgeschichte noch nie gesehen hatte, in den amerikanischen Boden eingepflanzt zu haben. Sie sollte »den Völkern« der Erde ausdrücklich »ein Beispiel« guten Zusammenlebens geben.

Zu den ersten Siedlern dieser mit hochgespannten Erwartungen überfrachteten Kolonie gehörten auch deutsche Pietisten. Angeführt wurden sie von Franz Daniel Pastorius, einem aus Franken stammenden Juristen, der ab 1679 in Frankfurt wirkte. Im Auftrag der Frankfurter-Land-Kompagnie reiste Pastorius im Sommer 1683 mit mehreren protestantischen Familien aus dem Rhein-Main-Gebiet nach Philadelphia. Dort erwarb er für diese überschaubare Gruppe sofort Grund und Boden. Auf diesem wurde im Norden der pennsylvanischen Hauptstadt die Siedlung Germantown angelegt. Pastorius amtierte später als deren Bürgermeister und als gewähltes Mitglied des Parlaments von Pennsylvania. Mit Penn, den Pastorius schätzte und verehrte, schloss er eine tiefe und anhaltende Freundschaft. Nur in einer Hinsicht erwies er sich als vehementer Kritiker des Koloniegründers, denn die einzigen Personen, denen Penn nicht die vollständige Freiheit und Gleichheit vor dem Gesetz eingeräumt hatte, waren die aus Afrika importierten Sklaven. Schon sein Vater, der Admiral Penn, hatte in Irland afrikanische Hausdiener besessen. Auch der Sohn stieß sich zu keinem Zeitpunkt daran, schwarze Bedienstete, die er übrigens mit Anstand zu behandeln suchte, offiziell als Sklaven zu halten. Der deutsche Rechtsgelehrte Pastorius hingegen verfasste nur fünf Jahre nach seiner Ankunft in Germantown die erste Protestnote gegen die Sklaverei in Amerika. Der wichtigste Satz seiner Eingabe lautete: »Hier gibt es die Freiheit des Gewissens, was rechtens und vernünftig ist; hier sollte es daher auch die Freiheit des Körpers geben.« Erfolg war dieser Petition jedoch nicht beschieden, weder im Kreis der Quäker noch in den Versammlungen der anderen Konfessionen. Erst 1776 sollten im Zuge der Amerikanischen Revolution alle Sklaven Pennsylvanias in die Freiheit entlassen werden. Zu übermächtig waren auch in Zeiten von Penns »Heiligem Experiment« noch die althergebrachten Vorurteile der meisten europäischen Siedler gegen die Afrikaner.

Zurück in England:
Politische Visionen für eine europäische Föderation

Zwei Jahre nach seiner Ankunft in Pennsylvania zog es Penn wieder zurück nach England, wo er ja seine Frau und drei Kinder – darunter den im März 1681 geborenen Sohn William – zurückgelassen hatte. Sie alle wollte er wiedersehen und von Angesicht zu Angesicht dazu bewegen, mit ihm gemeinsam nach Amerika überzusetzen. Auch hegte er den Plan, noch einmal in die Niederlande und nach Deutschland zu reisen, um dort persönlich weitere Kolonisten anzuwerben. Nun, im Herbst 1684, konnte er das von ihm gegründete amerikanische Gemeinwesen gegenüber jedermann als Erfolgsmodell ausweisen. Nachdem um 1680 etwa 600 Menschen auf dem Gebiet der ihm zugefallenen Kolonie gelebt hatten, wohnten bereits vier Jahre später, zum Zeitpunkt seiner Abreise, annähernd 10 000 Siedler dort, die in insgesamt über 50 Schiffen hergesegelt waren. Allein Philadelphia beherbergte jetzt 2500 Kolonisten, die sich 357 Häuser aus rotem Backstein errichtet hatten. Im Vergleich zu Penns Geburtsstadt London, die eine halbe Million Menschen beherbergte, war das eine lächerlich geringe Zahl, doch sprengte die Themsemetropole als eine der größten Städte der Welt ohnehin alle Dimensionen. Einen weit besseren Vergleichsrahmen bot in Deutschland die Freie Reichsstadt Dortmund, in der um 1690 etwa 4000 Menschen lebten. Pennsylvanias rasant wachsende Hauptstadt war also, als ihr Gründer sie verließ, auch nach europäischen Maßstäben keine kleine Stadt mehr.

Penn sollte sein geliebtes Philadelphia allerdings erst nach fünfzehn langen Jahren wiedersehen, denn in England trugen sich bereits kurz nach seiner Ankunft in London Ereignisse zu, die es ihm nicht erlaubten, an eine baldige Rückkehr nach Pennsylvania auch nur zu denken. Im Februar 1685 starb Charles II., dem es trotz der fünfzehn Kinder, die er mit sieben Mätressen gezeugt hatte, nicht gelungen war, mit seiner Königin Catherine für legitimen Nachwuchs zu sorgen. Neuer König von England, Schottland und Irland wurde daher sein jüngerer Bruder, der am 23. April als James II. gekrönt wurde. Von diesem Monarchen, der Katholik war und seinen Glauben offen praktizierte, musste sich Penn die Eigentumsrechte für Pennsylvania bestätigen lassen. Bei der Audienz am Hof fand James II. offenbar Gefallen an dem eigenwilligen Quäker, und es entwickelte sich zwischen den beiden Männern ein ganz ungewöhnlicher Grad der Vertrautheit. Penn und der König trafen sich regelmäßig zum Gespräch, in welchem die Frage nach der Gewissensfreiheit stets eine große Rolle spielte. Beide, der Katholik und der Quäker, trachteten danach, die seit der Restaurationszeit gegebene Dominanz der Anglikaner zu brechen, was dazu führte, dass Penn sich nun wieder für die Sache der Freunde in England stark machte.

Noch 1685 veröffentlichte er ein Plädoyer für religiöse Toleranz, das Pamphlet *A Perswasive to Moderation to Church-Dissenters, in Prudence and Conscience*, das den König tief beeindruckte. Zum wiederholten Mal kam Penn ausführlich auf Deutschland zu sprechen, das er als Vorbild auch für England auswies. Vor allem die Beispiele der Territorien Osnabrück und Augsburg zeigten, dass gemischtkonfessionelle Staaten problemlos und gedeihlich regiert werden konnten. In den folgenden beiden Jahren ließ James II. sich von Penn dazu erweichen, insgesamt 1300 inhaftierte Quäker aus den englischen Gefängnissen zu entlassen. Der König selber begünstigte in seinem Herrschaftsbereich Katholiken, wo er nur konnte. Im Februar 1687 erließ er die *Declaration of Indulgence*, eine Erklärung des Monarchen, in der er seine anglikanischen Untertanen dazu aufforderte, Katholiken, Quäker und andere Nonkonformisten mit größter Nachsicht zu behandeln. Am 27. April 1688 erneuerte er diese Erklärung, die ihm von den Anglikanern keine Sympathien eintrug, zumal sie ohne die Zustimmung des Parlamentes in Kraft treten sollte. Als sich sieben anglikanische Bischöfe mit scharfen Worten nach der Rechtmäßigkeit der *Declaration of Indulgence* erkundigten und James II. sie daraufhin in einer Überreaktion als Unruhestifter einsperren ließ – obwohl ihm Penn von diesem folgenreichen Schritt abriet –, entfachte der katholische Herrscher in England einen Sturm der Entrüstung.

Die führenden anglikanischen Adligen argwöhnten, dass ihr König mit Hilfe des *Roi de Soleil,* Frankreichs Louis XIV., insgeheim eine gewaltsame Rekatholisierung Englands vorbereite, um im selben Zuge eine absolutistische Herrschaft nach französischem Vorbild zu etablieren. Selbst seine Töchter Mary und Anne, die gemäß den Lehren der anglikanischen Kirche erzogen worden waren, wandten sich vom englischen Monarchen ab. Sein Schwiegersohn, der holländische Prinz Willem III. van Oranje, der mit Mary verheiratet war, entschloss sich nach enger Abstimmung mit prominenten englischen Adelskreisen im November 1688 zu einer Invasion. Seiner aus 20 000 Soldaten bestehenden Übermacht, die in wenigen Tagen London einnahm und monatelang besetzt hielt, hatte James II., der nach Frankreich floh, nichts entgegenzusetzen. Ein neu einberufenes Parlament erklärte den flüchtigen Herrscher für abgesetzt und ernannte stattdessen den strahlenden Eroberer mit seiner Ehefrau zum gemeinsam regierenden Königspaar William und Mary. Ihre Doppelkrönung erfolgte am 11. April 1689 in der Westminster Abbey. Schon im darauffolgenden Monat verabschiedete das Parlament die sogenannte Toleranzakte, die jedoch nur den protestantischen Nonkonformisten eine sehr eingeschränkte Religionsfreiheit gewährte, den Katholiken aber alle errungenen Rechte wieder aberkannte.

Da Penn mit dem abgesetzten König einen engen

Kontakt gepflegt hatte, wurde er vom neuen Parlament und den beiden Regenten unter Generalverdacht gestellt. Es wurden sogar unsinnige Vermutungen laut, dass Penn selbst zum Katholizismus konvertiert sei. Noch im Jahr des Regierungsantritts der beiden Majestäten wurde Penn in Untersuchungshaft genommen, weil er des Hochverrats bezichtigt wurde. Die Anschuldigungen erwiesen sich rasch als unbegründet, nach wenigen Wochen setzte man ihn schon wieder auf freien Fuß, doch suchte William III. auch weiterhin nach Gründen, den Mann dauerhaft einzusperren, der sich in seinen Schriften zuletzt so sehr für die in völligen Misskredit geratenen Katholiken eingesetzt hatte. In dieser gefährlichen Situation hielt Penn es für ratsam, sich für eine Weile vollständig aus der Öffentlichkeit zurückzuziehen. Drei Jahre verbrachte er überwiegend in privaten Räumlichkeiten. Seine Lage ähnelte damit der Lebensphase nach seiner Hochzeit, als er sich schon einmal in eine langanhaltende Klausur begeben hatte. Diesmal allerdings konnte er als nahezu Fünfzigjähriger auf eine einzigartige Biographie zurückblicken, die neben Leid und Bedrängnis auch unerhörte Erfolge vorzuweisen hatte. Als ein weltklug gewordener Visionär reflektierte er sowohl über sein vergangenes Leben – seine Jahre in Amerika standen leuchtend im Vordergrund – wie auch über die zukünftigen politischen Möglichkeiten seines europäischen Heimatkontinentes. Zwei seiner reifsten Schriften entstanden in dieser Zeit.

Die erste war ein weitsichtiger Essay, in dem er »die Errichtung eines europäischen Bundestages, Parlamentes oder einer Ständeversammlung« einforderte, zur Einigung und dauerhaften Befriedung Europas. In diesem Essay forderte er den Aufbau eines europäischen Bundesstaates, »vereint als eine Macht«, eine Art Europäische Union also, die er als »Konföderation« bezeichnete. Nur ein Zusammenschluss aller europäischen Staaten, zu denen Penn auch ausdrücklich Russland und das türkische Reich der Osmanen zählte, würde die unzähligen Kriege, »die blutigen Tragödien«, die Europa zu allen Zeiten und besonders im 17. Jahrhundert heimgesucht hatten, auf diesem Kontinent für alle Zukunft verhindern können. Statt bestehende Differenzen mit Waffengewalt aus dem Weg zu räumen, sollten die europäischen Nationen fortan 90 Delegierte in ein Europaparlament entsenden, um dort nach der Diskussion der drängendsten Meinungsverschiedenheiten mit einer Stimmenmehrheit von mindestens drei Vierteln der Abgeordneten zu einer vernünftigen und friedlichen Einigung zu gelangen. Das deutsche Reich als Land mit der größten Bevölkerungszahl Europas dürfe 12 Delegierte ins Parlament entsenden; kleinere Staaten wie Portugal müssten mit drei Repräsentanten auskommen. Wenn ein Mitgliedsstaat der Föderation von einer auswärtigen Macht attackiert werde, müsse das Europaparlament sofort einberufen werden, um geeignete Verteidigungsmaßnahmen zu beschließen.

Wiewohl Penn hervorhob, dass der europäische Unionsplan das Resultat eigenen Nachdenkens war, eine »Frucht meiner besorgten Gedanken«, gestand er zu, dass er bei seinen Überlegungen von seiner profunden Kenntnis der bestehenden Verfassungen Europas profitiert habe. Seine politischen Ideen seien »weder schimärenhaft noch schädlich«, sondern sehr realistisch und überaus pragmatisch. Immerhin existierten in Europa schon einige föderale Staaten, die zeigten, dass sein Entwurf zur Bildung einer europäischen Union durchaus »umgesetzt werden« könne – »die dreizehn Kantone« der Schweiz, die »Sieben Provinzen« der nördlichen Niederlande und das aus einer wahren Vielzahl von Staaten bestehende deutsche Reich. Alle Menschen, »die einmal durch Deutschland gereist sind«, wüssten doch von der im Reich vereinigten großen »Anzahl souveräner Territorien«. Penns Logik war klar: Wenn der größte, im Herzen des Kontinents gelegene Staat, das Heilige

Römische Reich, eine Föderation bilden konnte, dann war das auch für ganz Europa machbar. Doch sollten noch dreihundert Jahre vergehen, bis Penns Vision eines politisch geeinten Europas nach vielen weiteren Kriegen verwirklicht werden konnte – wundersamer Weise, wenn auch ohne das Mitwirken Russlands und der Türkei.

Früchte der Einsamkeit

Das zweite große Werk, das in Penns Zeit der erzwungenen Zurückgezogenheit entstand, war eben jene Sammlung von Sprüchen und Sentenzen, die er als »einige Früchte meiner Einsamkeit« auswies und im Untertitel auch als »Reflexionen und Maximen über die menschliche Lebensführung« kennzeichnete. Auch mit dieser Arbeit, so originell und unverwechselbar sie in vielen Abschnitten ist, knüpfte der Autor an bestehende literarische Vorbilder an. Als kundigem Leser der Bibel standen ihm selbstverständlich die jahrtausendealten Sprüche des Königs Salomo vor Augen, die zu den Weisheitslehren des Alten Testamentes gehören, doch kannte er als ein in Oxford gebildeter Gelehrter auch die bedeutendsten Aphorismen der griechisch-römischen Antike sowie die

Schriften der zeitgenössischen französischen Moralisten des Barock. Senecas *Epistulae Morales*, Plutarchs *Moralia* und Mark Aurels *Selbstbetrachtungen* waren ihm so vertraut wie Blaise Pascals *Pensées*. Den spürbarsten Einfluss auf ihn hatten jedoch einerseits der Dichter François de La Rochefoucauld, dessen *Réflexions ou Sentences et maximes morales* während Penns Studienaufenthalt in Frankreich veröffentlicht worden waren, sowie der antike griechische Philosoph Epiktet, dessen *Enchiridion* – ein Handbüchlein der Ethik – eine besondere Form der stoischen Gelassenheit und Humanität lehrte, die der von Penn gepredigten christlichen Duldsamkeit und Nächstenliebe sehr nahekam.

Als »Enchiridion«, als kleines Lehrbuch der Moral, stellt Penn seine als »Früchte der Einsamkeit« charakterisierten Reflexionen dem geneigten Leser denn auch im Vorwort zur eigentlichen Kompilation der Sprüche vor. Bei den gesammelten Sentenzen handelt es sich um seine zu allgemeingültigen Maximen verdichteten und zu trefflichen Aperçus geronnenen Lebenserfahrungen. Mit ihnen möchte er den Interessierten und Bedürftigen »Hinweise« zu ihrer rechten »Lebensführung« geben, wobei er mit Nachdruck daran gemahnt, zuallererst sorgfältig und bedachtsam mit der eigenen Lebenszeit umzugehen. Nur wer sich die Zeit nimmt, um sich gewissenhaft über seine Bestimmung als Mensch in der Welt und vor Gott hinreichend Klarheit zu verschaffen, darf auf ein gelingendes und erfülltes Dasein hoffen. So wie Penn sich die nötige Zeit genommen hat, um sein Lehrbüchlein niederzuschreiben, so sollen diejenigen, die es in die Hand nehmen, genügend Zeit aufbringen, um die darin angebotenen Weisheiten in sich aufzunehmen, zu bedenken und zu verarbeiten. Es will im Grunde Wort für Wort, Satz für Satz und Abschnitt für Abschnitt langsam und in Ruhe gelesen werden, so wie man einen würzigen und gehaltvollen Wein oder Likör nicht in einem Zug den Schlund hinunterspült, sondern ganz allmählich, Schluck für Schluck kostet und genießt, um erst dem Gaumen zu schmeicheln und schließlich das Herz zu stärken und zu erfreuen. Zwar kann jede Sentenz wie ein Zitat oder ein Bonmot als alleinstehende und eigenständige Aussage verstanden werden, und es ist auch ohne weiteres möglich, das Buch an einer beliebigen Stelle aufzuschlagen, um kleine Stichproben zu entnehmen. Unter diesen Umständen kann die Zeit, »die man braucht, es zu lesen«, wie Penn zugesteht, dann sogar auch »nur kurz« sein. Doch ist sein Lehrbüchlein der Moral letztlich ein zusammenhängendes Ganzes, eine sorgfältig gewebte und komponierte Textur, ein kunstvoller Essay, in dem sich eine mit Überlegung hergestellte Gedankenkette aus Wörtern gleich kostbaren Perlen an einer Schnur dem aufmerksamen Betrachter darbietet.

Die Themen, die Penn abhandelt, sind so vielfältig wie das Leben selbst. Es geht unter anderem um das vertiefte Verständnis von Wahrheit, Gerechtigkeit, Fleiß, Wissenserwerb, Erziehung, Regierungskunst oder Glückseligkeit in dieser Welt. Im Mittelpunkt seines Nachdenkens stehen jedoch kontinuierlich die vielen Varianten und Variationen der alltäglichen zwischenmenschlichen Begegnungen und Kontakte, die entweder für schönstes Behagen sorgen oder den ernstesten Konflikt und Streit heraufbeschwören. Wie sollen Eheleute und Freunde miteinander umgehen, wie Geschäftsleute mit ihren Handelspartnern, wie Eltern mit den Kindern – und umgekehrt? Da Penn in einer Zeit lebt, in der trotz des aufstrebenden Bürgertums die Fürsten den Untertanen gebieten und Herren ihren Dienern oder gar Sklaven Befehle erteilen, wirken manche Passagen auf den heutigen Leser mitunter altfränkisch – doch sind selbst in den nicht unmittelbar eingängigen Abschnitten des Werkes häufig wertvolle allgemeine Weisheiten enthalten, die sich auf den zweiten Blick auch zumeist als solche zu erkennen geben. Ranghöhere und Untergebene,

Machthaber und Abhängige, Alleskönner und Ohnmächtige gab und gibt es zu allen Zeiten. Wenn er einerseits strikten Gehorsam der Kinder gegenüber den Eltern einfordert, weiß er, der doch selbst seinem Vater nicht immer gehorsam sein konnte, dass es durchaus begründbare und honorige Ausnahmen von der Regel gibt: »Wenn wir ihnen nicht gehorchen können, weil es gegen den Gehorsam wider Gott verstieße, müssen wir ihnen mindestens zeigen, dass unsere Weigerung keinen anderen Grund hat.«

Penns *Früchte der Einsamkeit* enthalten auch immer wieder Sprüche und Maximen, die vor Augen führen, wie der Autor beständig und mit höchster Konzentration bemüht ist, das eine, treffende Wort zu finden, mit dem er so nuanciert wie möglich anstrebenswerte Tugenden beschreiben will oder bestimmte Situationen wiedergeben möchte, etwa wenn er die Balance zwischen freundlicher Offenheit und nötiger Distanz zu ermitteln sucht: »Sei zurückhaltend, aber nicht säuerlich; ernst, aber nicht steif; entschlossen, aber nicht übereilig; bescheiden, aber nicht servil; geduldig, aber nicht um alles unbekümmert; beständig, aber nicht stur; heiter, aber nicht leichtsinnig; sei eher höflich als vertraut, eher vertraut als intim, und sei intim nur mit ganz wenigen Leuten und aus sehr guten Gründen.« Ähnlich geht er vor, wenn er über den rechten Zeitpunkt räsonniert: »Manche Leute sind witzig, freundlich, kalt, zornig, gefällig, steif, misstrauisch, sorglos, vorsichtig, zuversichtlich, zugeknöpft, offenherzig, und alles am falschen Ort.«

Am eindrücklichsten formuliert Penn, wenn er über die Freundschaft reflektiert. Er, der als Quäker doch Mitglied der *Religious Society of Friends* ist, kennt keine innigere und treuere Beziehung von Mensch zu Mensch als die zwischen Freunden. So findet man in der Weltliteratur kaum Worte über die Freundschaft, die so weise, zärtlich, lebensklug und liebevoll sind wie die von Penn ersonnenen. »Ein wahrer Freund«, weiß er, »offenbart sich frank und frei, rät recht, wagt kühn, nimmt alles geduldig hin, verteidigt mutig und bleibt ein Freund unveränderlich«. Und: »Es kann keine Freundschaft geben, wo keine Freiheit ist. Freundschaft liebt eine freie Luft, und lässt sich nicht in schmale, gerade Pferche einschließen. Sie wird offen sprechen und ebenso handeln; wird nichts übelnehmen, wo nichts böse gemeint war; und selbst da, wo dem so ist, wird sie gleich verzeihen und auch vergessen, ist der Fehler einmal kurz eingeräumt worden.« Selbst in der Ehe ist es nicht die raffinierte Sinnlichkeit, die ihr Glück, Bestand und Dauer verheißt, sondern die Freundschaft zweier Seelen: »Geschlechter machen gar keinen Unterschied; denn in den Seelen ist keiner: Und diese sind die Subjekte der Freundschaft. Er, der auf einen Körper schaut und nicht auf eine Seele, hat nicht das beste Teil von der Beziehung; und infolgedessen fehlet ihm das edelste Behagen eines Ehelebens.«

Penn wäre allerdings nicht der fromme Quäker, als der er mit seinem Lehrbuch der Moral vor allem auch wirken will, wenn er seine Reflexionen und Maximen nicht zu ihrem Ende hin mit einschlägigen Gedanken über Gott und die wichtigsten religiösen Wahrheiten ausklingen lassen würde. Die ausführlichen Schlussabschnitte, in denen es um die Religion geht, atmen nun einerseits eine sehr barocke Frömmigkeit, die christuszentriert ist, doch überrascht der Verfasser den Leser zugleich mit nahezu konterkarierenden, geradezu aufklärerisch anmutenden Botschaften wie: »Zornig in der Religion zu sein heißt, auf eine irreligiöse Weise religiös zu sein« oder »Die demütigen, sanften, gnädigen, gerechten, frommen und hingebungsvollen Seelen sind überall von ein und derselben Religion; und hat der Tod die Masken abgenommen, erkennen sie einander, obgleich die unterschiedliche Livree, die sie hierorts tragen, sie einander zu Fremdlingen macht«. Gewiss sind Penns Sentenzen christlich geprägt, doch ist in ihnen, wie man am letzten

Beispiel gut erkennen kann, eine Größe, Weisheit und Weite lebendig, die über alle konfessionellen Engführungen hinausweist und jederzeit eine allgemeine Menschenweisheit anklingen lässt.

Der literarische Wert von Penns Reflexionen und Maximen ist erheblich. In seinem Vorwort hebt der Verfasser hervor, dass sie nicht nur das Ergebnis geübten und routinierten Nachdenkens sind, sondern vielfach die Resultate von blitzartig auftretenden, erhellenden Einsichten, *the Flushings of Lucid Intervals*, als habe den auf Eingebungen wartenden Schreiber die Muse auch wirklich geküsst. Er weiß um die Eleganz seiner Sprüche, um ihre Prägnanz, den durchweg gegebenen Wortwitz, die meisterhafte Form, ohne die ihre Substanz, ihr Gehalt nicht hinreichend zur Geltung gelangen würde. Den Vergleich zu den berühmtesten Aphorismen und Sprichwortsammlungen der älteren und jüngeren Geschichte müssen seine Sentenzen nicht scheuen. Sie vermitteln tiefe Lebensweisheiten mit einem ästhetischen Mehrwert und bieten dem Leser zu gleichen Teilen geistige Nahrung und sinnliches Vergnügen. So ahnt Penn wohl schon zum Zeitpunkt der Erstveröffentlichung, dass er mit seinen *Fruits of Solitude* der Welt sein eigentliches, sein besonders kostbares schriftstellerisches Vermächtnis übergibt.

Penns Erbe für die Welt

Penn veröffentlichte seine *Fruits of Solitude* im Jahr 1693, in dem Augenblick, als König William III. endlich von ihm abließ und er sich wieder frei und unbehelligt bewegen konnte. Nun verlangte es ihn, nach langen Jahren der Abwesenheit seine Kolonie Pennsylvania wiederzusehen, um diesmal mit Frau und Kindern dort dauerhaft zu leben – doch schwere Schicksalsschläge vereitelten dieses Vorhaben. Guli Penn, seine treue Ehefrau und Seelenfreundin, starb im Februar 1694 nach schwerer Krankheit. Von diesem Verlust tief getroffen, erkrankte Penn kurz darauf selbst lebensgefährlich und lag monatelang siech in seinem Haus. Nur kurze Zeit nach seiner Genesung verstarb im Frühjahr 1696 unvermutet auch sein ältester Sohn Springett, was den betrübten Vater erneut in eine dunkle Stimmungslage versetzte. Erst seine im selben Jahr vollzogene Heirat mit der 25-jährigen Hannah Callowhill verhalf ihm wieder zu neuem Lebensmut. 1697 entwarf er in Analogie zu seinem europäischen Föderationsprojekt einen Unionsplan für Pennsylvania, New Jersey, New York und alle andern englischen Kolonien Nordamerikas, die sich eng zusammenschließen und dennoch ihre Eigenständigkeit wahren sollten. Das Projekt wurde von der englischen Krone verworfen – erst 1776 bildeten die nun zu Republiken mutierten Kolonien als Vereinigte Staaten von Amerika einen demokratischen Bund. Penn war seiner Zeit weit voraus.

Im Herbst 1699 segelte der weitblickende Mann dann mit seiner zweiten Ehefrau Hannah nach Philadelphia, wo er an der Schwelle zum neuen Jahrhundert eine Stadt vorfand, deren Einwohnerzahl sich seit seiner Abreise auf 5000 Siedler verdoppelt hatte; nur in Boston, der Hauptstadt der neuenglischen Kolonie Massachusetts, lebten an der nordamerikanischen Ostküste zu diesem Zeitpunkt noch mehr Menschen. Der von Penn bereits 1681 eingesetzte Gouverneur William Markham hatte in all den Jahren als sein Stellvertreter die Kolonie Pennsylvania gut verwaltet. Die pennsylvanischen Bürger waren jedoch zwischenzeitlich immer selbstbewusster geworden. Sie verlangten vom wieder anwesenden Eigentümer neue, verfassungsrechtlich bedeutsame Zugeständnisse. Bislang konnten Gesetzesentwürfe dem Kolonialparlament nur vom Gouverneur und seinem Rat zur Abstimmung vorgelegt werden. Nun begehr ten die Abgeordneten der Assembly das gleiche Initiativrecht. Der aggressiv ausgetragene Streit um die von den Siedlern ersehnte Verfassungsänderung ermüdete und verbitterte den nervlich geschwächten

Penn so sehr, dass er sich von seiner Kolonie und ihren Siedlern während der langwierigen Verhandlungen zusehends entfremdete. Nach dem von ihm im Jahr 1701 unterzeichneten Erlass der neuen Verfassung, der *Charter of Privileges*, deren Bestimmungen die Wünsche der Siedler vollständig erfüllten, setzte Penn mit Andrew Hamilton einen neuen Gouverneur ein und verließ noch im selben Jahr seine Kolonie für immer.

In England, wo er seinen Lebensabend verbringen wollte, befasste er sich nun wieder mit der Sammlung seiner Reflexionen und Maximen, fügte ihnen sogar etliche neue Sentenzen hinzu, die er 1702 unter dem Titel *More Fruits of Solitude* veröffentlichte. Zudem war ihm an der Seite seiner jungen Frau noch einmal ein neu erblühendes Familienleben vergönnt. Nacheinander kamen bis 1707 die Kinder John, Thomas, Margaret, Richard und Dennis zur Welt – doch hatte Penn den Kelch seines Leidens noch immer nicht bis zur Neige ausgekostet. Von seinem Finanzverwalter Philip Ford schändlich hintergangen, verschuldete er sich in seinen letzten Lebensjahren ohne sein Wissen so hoch, dass er 1708 – im Alter von 64 Jahren – noch einmal verhaftet wurde. Als er nach vielen Monaten aus dem Schuldgefängnis entlassen wurde, kostete ihn der danach von ihm angestrengte Prozess gegen seinen Widersacher Ford viel Kraft. Penn war nun ein gebrochener Mann. 1712 erlitt er seinen ersten schweren Schlaganfall, zwei weitere folgten. Sechs Jahre lang wurde er aufopferungsvoll gepflegt und treu umsorgt von seiner zweiten Frau Hannah, bis er am 30. Juli 1718 seinen letzten Atemzug tat. Beerdigt wurde er – neben seiner ersten Frau Gulielma und ihren früh verstorbenen Kindern – auf dem zentralen Friedhof der Quäkergemeinde von Jordans in Buckinghamshire.

In seinem Testament hatte Penn vor seinem Ableben noch einmal einige erstaunliche Verfügungen vorgenommen: Seine afrikanischen Sklaven wurden nach seinem Tod sämtlich in die Freiheit entlassen, und zum Verwalter seiner Provinz Pennsylvania setzte er eine Frau ein, seine zweite Gattin Hannah Callowhill Penn, die dieser anspruchsvollen Aufgabe bis zu ihrem eigenen Tod im Jahr 1727 in vorbildlicher Weise gerecht wurde. Jahrhunderte später wurde ihr dafür im Jahr 1984 vom damaligen US-Präsidenten Ronald Reagan postum – als erster Frau überhaupt – die Ehrenbürgerwürde der Vereinigten Staaten von Amerika verliehen, gemeinsam mit ihrem Mann, dem Koloniegründer William Penn. Mit dieser seltenen Ehrung wurde zugleich anerkannt, welche bedeutende Rolle Pennsylvania im Zuge der Entstehung und Entwicklung der USA gespielt hatte: Penns Stadt der Bruderliebe, Philadelphia, war das Zentrum der Amerikanischen Revolution, hier wurde 1776 die Unabhängigkeitserklärung verfasst und zudem im Jahr 1787 die noch immer gültige Verfassung der Vereinigten Staaten von Amerika ausgearbeitet. Und Philadelphia fungierte vor der Fertigstellung von Washington zwischen 1790 und 1800 für ein bewegtes Jahrzehnt als erste Hauptstadt der USA. Penns Gründungen Pennsylvania und Philadelphia wurden zur Wiege der amerikanischen Nation.

Seither gilt William Penn als Urvater der amerikanischen Freiheitsideale. Auch wenn er im fortgeschrittenen Alter mit seiner Kolonie Pennsylvania nach einer unfreiwillig langen Zeit der Abwesenheit zu seinem großen Kummer nicht mehr auf vertrauten Fuß gelangen konnte, schuf er mit ihr doch einen exemplarischen Lebensort für Menschen aller Ethnien, Sprachen und Religionen. Damit schrieb der Pazifist und visionäre Staatengründer Weltgeschichte. Pennsylvania und die Vereinigten Staaten wurden zum Vorbild für alle demokratisch-republikanischen, aufgeklärt-modernen Staaten der Erde. Was für ein Leben, das aus kühnen Utopien solche Wirklichkeiten werden ließ! Penn war ein Visionär, dessen Schöpfungen deshalb Bestand haben, weil sie mit einem hohen Maß an Ehrlichkeit, Integrität, Weltklugheit, Leidensbereitschaft und Demut angelegt wurden. Sie sind die Resultate eines frommen Gemüts und tiefschürfenden Geistes, der bis heute nichts von seiner Vorbildlichkeit eingebüßt hat. Auf keinem Weg kommen wir diesem reinen Geist – der gleichermaßen zu Widerstand und Ergebung fähig war – näher als durch die Lektüre seiner *Früchte der Einsamkeit*, seiner unvergänglichen Reflexionen und Maximen über die bedeutende Kunst der menschlichen Lebensführung. Sie sind Penns bleibendes Erbe für die Welt.

EINIGE FRÜCHTE MEINER EINSAMKEIT,

in Gestalt von Reflexionen und Maximen über die menschliche Lebensführung

Die Vorrede

Leser,

dieses Handbüchlein, das ich dir vorlege, ist die Frucht der Einsamkeit: einer Schule, in der nur wenige lernen mögen, obwohl uns doch keine besser belehrt. Teile davon sind das Ergebnis ernster Reflexion: andere die Geistesblitze luzider Augenblicke: geschrieben zur privaten Befriedigung, und nun veröffentlicht als eine Hilfe zur menschlichen Lebensführung.

Der Autor segnet Gott für seine Zurückgezogenheit vom Geschäftsleben, und er küsst die sanfte Hand, die ihn dahin geführt hat: Denn wenn sich dieses eingezogene Leben auch als fruchtlos für die Welt herausstellen sollte, kann es dies doch für ihn selbst niemals sein.

Er hat nun einige Zeit gehabt, die er sein eigen nennen konnte; ein Besitz, über den er nie zuvor so reichlich verfügt hat: Darin hat er sich selbst betrachtet und die Welt, und beobachtet, wo er sein Ziel erreicht und wo er gefehlt hat: was in seinem menschlichen Verhalten hätte getan werden können, was gebessert und was vermieden: zusammen mit den Verfehlungen und Exzessen anderer, sowohl Gesellschaften und Regierungen wie private Familien und Personen. Und er glaubt wahrhaftig, hätte er noch einmal zu leben, könnte er nicht nur mit Gottes Gnade Ihm besser als zuvor dienen, sondern auch seinem Nächsten und sich selber, und könnte sich noch sieben Jahre aufsparen. Und doch ist er vielleicht nicht der schlimmste und faulste Mensch auf der Welt gewesen, noch ist er der älteste. Und dies wird vor allem gesagt, um dich, Leser, anzuspornen, nichts von der Zeit zu verlieren, die noch die deine ist.

Es gibt nichts, mit dem wir so großzügig sind wie mit der Zeit, und nichts, mit dem wir sorgsamer umgehen sollten; da wir ohne sie nichts auf der Welt vermögen. Die Zeit ist das, was wir am meisten brauchen, aber ach! am ärgsten missachten; und hierfür wird uns Gott gewiss streng zur Verantwortung ziehen, wenn die Zeit einmal nicht mehr sein wird.

Sie ist von solcher Bedeutung für uns im Hinblick auf diese und jene Welt, dass ich einem Menschen kaum etwas Besseres wünschen könnte, als dass er ernsthaft betrachte, was er mit seiner Zeit anfängt: wie und wozu er sie gebraucht; und womit er sie Gott, seinem Nächsten und sich selbst vergilt. Will er sich kein Hauptbuch hierfür anle-

gen? Für diese größte Weisheit und das größte Unterfangen seines Lebens.

Nur ein einziges Mal auf diese Welt zu kommen und unsere wahre Freude an ihr und an uns selber in ihr zu vertändeln, ist kläglich in der Tat. Schon dieser einzige Gedanke enthält für einen denkenden Menschen eine große Lehre. Und da nichts unterhalb des Menschen denken kann wie er, muss der Mensch, ist er gedankenlos, zwangsläufig von seiner eigentlichen Stellung hinunterfallen. Und das tun gewiss jene, die sich um den Gebrauch ihrer so sehr kostbaren Zeit nicht bekümmern.

Dies ist nur zu offensichtlich, wenn wir einmal darüber nachdenken, dass es kaum etwas im Leben gibt, das wir am rechten Ende anfassen oder aus dem wir seinen ganzen Nutzen ziehen.

Wir verstehen wenig von den Werken Gottes, in der Natur wie in der Gnade. Wir jagen falschem Wissen nach, und haben eine völlig falsche Auffassung von der Bildung. Wir sind hitzig in unseren Empfindungen, verwirrt und unmethodisch in unserem ganzen Leben; wir machen uns das zur Last, was als ein Segen gegeben ward; so ist es uns selbst und anderen ein geringes Behagen, weil wir den wahren Begriff des Glücks nicht verstehen, und so den rechten Gebrauch des Lebens und die Art und Weise einer glücklichen Lebensführung verkennen.

Und wenn wir uns nicht überreden lassen, innezuhal-

ten und ein wenig beiseite zu gehen aus der lärmenden Menge und der hinderlichen Eile der Welt, dann bleibt es unmöglich, dass wir ein richtiges Urteil von uns selbst haben oder unser eigenes Elend durchschauen. Doch sobald wir die richtigen Überlegungen angestellt haben, wozu uns der Rückzug vom Geschäft helfen wird, dann werden wir anfangen, die Welt größtenteils für verrückt zu halten, und sehen, dass wir uns all die Zeit in einer Art Narrenhaus befunden haben.

Leser, du seiest jung oder alt, glaube nicht, es sei zu früh oder zu spät, die Seiten deines vergangenen Lebens durchzublättern; und merke jede Seite an durch einen Knick, wo ein Absatz dich besonders betrifft; und widme den Rest deiner Zeit der Verbesserung dieser Fehler in deinem zukünftigen Verhalten; ob nun im Hinblick auf dieses Leben oder auf dein künftiges. Und was du eigentlich hättest tun wollen, wenn das, was du getan hast, noch einmal zu tun wäre, das tue nun auch gewiss bei ähnlichem Anlass, solange du lebest.

Unsere guten Vorsätze scheinen stark, solange wir über unsere vergangenen Irrtümer nachdenken, aber ach! sie fallen meist in sich zusammen, wenn neue Versuchungen kommen, wieder dasselbe zu tun.

Der Verfasser gibt nicht vor, dir eine vollkommene Abhandlung vorzulegen; es geht ihm nicht um etwas, das viel Eindruck macht, sondern um die Nächstenliebe. Das

Buch ist ganz unterschiedlich in seinem Inhalt und keineswegs kunstreich in der Komposition. Doch es enthält Hinweise, die dir als Ausgangstexte dienen mögen für Predigten, die du dir selber halten kannst, und die viel vom Lauf des menschlichen Lebens enthalten; so dass du, bist du nun Vater oder Kind, Fürst oder Untertan, Herr oder Diener, ledig oder verheiratet, öffentlich oder privat, bescheiden oder ehrbar, reich oder arm, florierend oder mühsam in Geschäften, im Frieden oder im Streit, im Beruf oder in der Einsamkeit: bei jedweder Neigung oder Aversion, in jeder Arbeit und Pflicht hier etwas findest, das nicht unangemessen gesagt ist; zu deiner Lenkung und deinem Vorteil. Nimm hin und verbessere, was deine Aufmerksamkeit verdient, entschuldige den Rest und schreibe ihn meinem guten Willen dir und der ganzen Schöpfung Gottes gegenüber zugut.

REFLEXIONEN UND MAXIMEN

1 **UNWISSENHEIT.** Es ist höchst verwunderlich, wenn man bedenkt, wie viele Millionen von Menschen auf die Welt kommen und sie wieder verlassen in Unwissenheit über sich selbst und über die Welt, in der sie gelebt haben.

∞∞∞

2 Ginge man hin und besuchte Schloss Windsor oder Hampton Court, so wäre es doch seltsam, wenn man die Lage, den Bau, die Gärten, Wasserspiele* und so fort, welche Schönheit und Vergnüglichkeit eines solchen Herrensitzes ausmachen, nicht bemerken und sich einprägen würde, und doch kennen nur wenige Menschen sich selbst – nein, nicht einmal den eigenen Leib, das Haus ihres Geistes, das merkwürdigste Gebilde der Welt, ein lebendiges, bewegliches Tabernakel; und ebensowenig die Welt ringsum, aus

* Im Park des südwestlich von London gelegenen Königsschlosses Hampton Court ließ ein ausgeklügeltes Pumpwerk grandiose Fontänen zwischen exakt gestutzten Eiben emporschießen.

welcher der Leib gemacht ist und sich nährt, was alles zu kennen so sehr zu unserem Nutzen diente und ebenso zu unserer Freude. Daran können wir nicht zweifeln, wenn wir lesen, dass die unsichtbaren Dinge Gottes ans Licht gebracht werden durch jene Dinge, die wir sehen können, und solcherart lesen wir ihnen, wann immer wir sie erblicken, unsere Pflicht Ihm gegenüber ab, welcher ist ihr großer und weiser Schöpfer, schauen wir sie nur so an, wie wir es sollten.

ooooo

3 Diese Welt ist gewiss ein großer und stattlicher Foliant natürlicher Dinge und mag wohl bezeichnet werden als die Hieroglyphenschrift einer besseren: Aber ach! wie wenige, wenige Seiten davon blättern wir wirklich im Ernste durch! Dies sollte der Gegenstand der Erziehung unserer Jugend sein, die mit zwanzig, wenn sie zu allen Geschäften geschickt sein sollten, wenig oder gar nichts von ihr wissen.

ooooo

4 **ERZIEHUNG.** Wir mühen uns, aus ihnen Scholaren zu machen, nicht aber Männer! Damit sie über etwas reden können und nicht so sehr etwas davon wissen, was wahrhaftige Heuchelei ist.

ooooo

5 Das erste, was den Kindern ganz offen zu Tage liegt, ist die Sinnenwelt, und die lassen wir beim Beginn ihrer Erziehung ganz beiseite.

∞∞∞

6 Wir belasten ihr Gedächtnis zu frühe und verwirren, quälen und beschweren sie mit Wörtern und Regeln; sie sollen Grammatik und Rhetorik kennen und eine fremde Sprache oder zwei, die ihnen, was gilt es? zehn zu eins niemals von Nutzen sein wird; ihr natürliches Genie zu mechanischem oder physikalischem oder natürlichem Wissen bleibt ungebildet und vernachlässigt; was doch von größtem Nutzen und Vergnügen für sie wäre den ganzen Lauf ihres Leben hindurch.

∞∞∞

7 Gewiss sind Sprachen nicht zu verachten oder zu vernachlässigen. Doch Dinge sind jedenfalls vorzuziehen.

∞∞∞

8 Kinder würden lieber Werkzeuge und Spielgerät herstellen; formen, zeichnen, entwerfen und bauen usw. als verschiedene Regeln des richtigen Sprachgebrauchs auswendig lernen: Und diese würden dann auch folgen, mit besserem Urteil und weniger Zeit und Mühe.

∞∞∞

9 Es wäre ein Glück, würden wir die Natur mehr in natürlichen Dingen studieren und der Natur entsprechend handeln; ihre Regeln sind wenige, sind einfach und höchst vernünftig.

ooooo

10 Lasst uns beginnen, wo sie beginnt, in ihrem Tempo vorangehen und stets da schließen, wo sie endet, so können wir nicht umhin, gute Naturforscher zu sein.

ooooo

11 Die Schöpfung wäre uns nicht länger ein Rätsel: die Himmel, die Erde und die Wasser mit ihren jeweiligen verschiedenartigen und zahlreichen Bewohnern, deren Produkte, Naturen, Lebenszeiten, Sympathien und Antipathien; ihren Nutzen, ihren Vorteil und ihr Vergnügen würden wir besser begreifen: und eine ewige Weisheit, Macht, Majestät und Güte, uns deutlich sichtbar durch diese sinnlichen und vergänglichen Formen: Die Welt trägt die Prägespuren ihres Schöpfers, dessen Stempel überall zu sehen ist, und diese Zeichen sind für die Kinder der Weisheit deutlich lesbar.

ooooo

12 Und es wäre ein großer Schritt auf dem Wege zu größerer Vorsicht und besserer Anweisung der Menschen im Umgange mit der Welt, wenn sie deren Erschaffung mehr nachgeforscht hätten und darüber mehr Wissen besäßen.

∞∞∞

13 Denn woher könnten die Menschen das Selbstvertrauen nehmen, die Schöpfung zu missbrauchen, sähen sie in jedem einzelnen Teile davon den großen Schöpfer ihnen ins Gesicht schauen?

∞∞∞

14 Deshalb macht die Unwissenheit sie fühllos, und die Fühllosigkeit lässt sie diese edle Schöpfung missbrauchen, die doch allüberall Prägung und Stimme der Gottheit zeigt, in einem jeden Dinge, dem, der es nur weiß.

∞∞∞

15 Es ist deshalb bedauernswert, dass keine Bücher für die Jugend von neugierigen und sorgsamen Naturforschern verfasst worden sind oder ebenso von Handwerkern, in der lateinischen Sprache zum Gebrauch an den Schulen, auf dass die Kinder Dinge durch Worte lernen möchten: Dinge, die ihnen klar und wohlbekannt sind, was den Erwerb der Sprache für sie leichter machen würde.

∞∞∞

16 Viele kenntnisreiche Gärtner und Züchter sind unwissend hinsichtlich der Grundlagen ihres Berufes, wie es die meisten Fachleute in Bezug auf die eigenen Regeln sind, welche ihre treffliche Handwerkskunst regieren. Doch ein Naturkundler und Handwerker der vorgestellten Art ist Meister der Grundlagen von beidem und könnte auch die Praxis beherrschen, wenn sein Fleiß Schritt hielte mit der Kraft des Spekulativen, was sehr ratsam wäre – denn ohne dies könnte er nicht für einen vollkommenen Naturkundler oder Handwerker gelten.

ooooo

17 Schließlich müssen wir, wenn der Mensch der Auszug und Scheitelpunkt dieser Welt ist (wie uns die Philosophen sagen), nur uns selbst genau zu lesen wissen, um die Weltgelehrtheit zu erlangen. Doch weil es nichts gibt, das wir so gering erachten wie die Schriftzeichen der Macht, die uns geschaffen hat, die uns so deutlich einbeschrieben sind und auch der Welt, die jene uns geschenkt hat, und die uns am besten sagen können, was wir sind und sein sollten, deshalb ist unser eigener Genius uns fremd: der Spiegel, in welchem wir jenen wahrhaft lehrreichen und angenehmen Abwechslungsreichtum erblicken sollten, der sich in der Natur beobachten lässt, zu Bewunderung jener Weisheit und Verehrung jener Macht, die uns alle gemacht hat.

ooooo

18 **STOLZ.** Und doch neigen wir dazu, ganz von unserer eigenen Bedeutung erfüllt zu sein, anstatt von Ihm, der das geschaffen hat, was wir so hoch veranschlagen, und ohne den wir gar keinen Grund hätten, uns selbst hochzuschätzen. Denn wir haben nichts, was wir unser eigen nennen könnten, nein, nicht einmal uns selbst! Denn wir sind nur Pächter des großen Herrn über unser Selbst, nur geduldet sind wir auf dem großen Landgut, der Welt, in der wir leben.

ooooo

19 Doch glaube ich, wir können es vor uns selbst so wenig verantworten wie vor unserem Schöpfer, dass wir in Unwissenheit unser selbst leben und sterben sollten, und deshalb in Unwissenheit Seiner und der Verpflichtungen, die wir Ihm gegenüber haben.

ooooo

20 Wenn der Wert einer Gabe den Grad der Verpflichtung ausmacht und die Verbindlichkeit zu einer Erwiderung für den Empfänger festsetzt: dann wird der, so diesen Wert nicht zu schätzen weiß, nicht wissen, was er von dem Geschenk halten soll und von dem Schenkenden.

ooooo

21 Da haben wir den Menschen in Unwissenheit über sich selbst. Er weiß nicht, wie er seinen Schöpfer einzuschätzen habe, weil er die Schöpfung nicht zu schätzen weiß. Wenn wir nun den Bau des Menschen und seine wunderschöne Komposition betrachten, die einzelnen Teile seiner schönen Struktur! Seine verschiedenen Gliedmaßen, ihre Ordnung, Funktion und Abhängigkeit voneinander – die Werkzeuge der Ernährung, die Gefäße der Verdauung, die verschiedenen Umwandlungen, welche die Nahrung erfährt. Und wie die Nährstoffe durch den ganzen Leib getragen und verteilt werden, auf höchst innerlichen und unmerklichen Wege. Wie die animalische Natur dadurch erfrischt wird und mit unaussprechlichem Geschick und höchster Beweglichkeit alle Teile in Gang setzt, sich zu nähren. Und zuletzt: wie die vernünftige Seele im Animalischen ihren Sitz hat als in ihrem angemessenen Hause, so, wie die animalische Natur im Körper steckt: Wenn nur dieses rare Gebäude, sage ich, von uns genau betrachtet würde, mit all dem zusammen, wodurch es genährt und behütet wird, dann hätte gewiss der Mensch einen ehrfürchtigeren Sinn für die Macht, Weisheit und Güte Gottes und für die Pflicht, welche ihm diese auferlegen. Wäre er nur vertraut mit seiner eigenen Seele, ihren edlen Begabungen, ihrem Bund mit dem Körper, ihrer Natur und ihrem Zwecke und den Rücksichten der Vorsehung, welche den ganzen Bau der Menschheit bewahren, er würde seinen großen und guten Gott bewundern und anbeten. Doch ist der Mensch sich selbst ein seltsamer Widerspruch geworden: Dies aber aus eigenem Zutun, nicht seinem wahren Wesen nach, sondern aus dessen Verderbnis.

ooooo

22 Er will, dass andere ihm gehorchen, sogar seinesgleichen, doch er will Gott nicht gehorchen, der so weit über ihm steht und ihn geschaffen hat.

ooooo

23 Er will nichts von seiner Autorität preisgeben, nein, nicht ein Tüttelchen davon – er ist launisch seinem Weibe gegenüber, er schlägt seine Kinder, wütet gegen seine Dienstboten, ist streng gegen seine Nachbarn, rächt allen Affront aufs Schärfste, aber ach! er

vergisst dabei, dass man ihm zurufen möchte: Du bist der Mann! und dass er größere Schulden bei Gott hat, welcher ihm so große Geduld erzeigt, als jene bei ihm, mit denen er so streng und unduldsam verfährt.

ooooo

24 Er achtet wohl darauf, seinen Körper zu waschen, zu kleiden und mit wohlriechenden Essenzen einzureiben, doch seiner Seele achtet er nicht. Dem einen widmet er viele Stunden, der anderen nicht einmal ebenso viele Minuten. Jener bekommt drei oder vier neue Anzüge im Jahr, diese aber muss immer noch und immer wieder ihre alten Kleider tragen.

ooooo

25 Wenn er einen großen Mann bei sich empfängt oder ihn besucht, mit wie ängstlicher Sorgfalt achtet er darauf, dass alle Dinge in Ordnung sind! Und mit welcher Hochachtung und Wohlanständigkeit naht er sich ihm und macht seine Komplimente! Und wie trocken und förmlich und gezwungen ist seine Verehrung Gottes!

ooooo

26 In seinen Gebeten sagt er: Dein Wille geschehe, doch meint er dabei: der meine; jedenfalls handelt er so.

ooooo

27 Gar zu häufig beginnt man mit Gott und endet mit der Welt. Doch Er ist für den guten Menschen Anfang und Ende, sein Alpha und Omega.

ooooo

28 **ÜPPIGKEIT.** Unser delikater Appetit ist nun derart, dass wir keine gewöhnliche Kost verzehren oder Dünnbier dazu trinken wollen, wir müssen für unsere Leiber das Beste haben, und es muss auf die beste Weise gekocht sein, während unsere Seelen sich von leerem oder verrottetem Zeug nähren müssen.

ooooo

29 Kurz, der Mensch verschwendet alles an ein kahles Gebäude und hat darin wenig oder gar kein Mobiliar, das den Ort angenehm machte, was bedeutet, dass man das Schränklein dem Edelstein vorzieht, einen siebenjährigen Mietvertrag einem dauerhaften Erbe. Solch eine absurde Kreatur ist der Mensch mit all seinen stolzen Ansprüchen auf Witz und Verstand.

ooooo

30 **UNÜBERLEGTHEIT.** Der Mangel an wahrer Überlegung ist die Ursache des Unglücks, das der Mensch selbst über sich bringt. Denn seine zweiten Gedanken stimmen selten mit seinen ersten überein, die sich nicht ohne bedeutende Zurücknahmen oder Korrekturen durchsetzen. Und doch reicht diese fühlbare Warnung selten aus, dass wir zu hinreichenden Vorsichtsmaßnahmen bei zukünftigem Verhalten greifen.

ooooo

31 Man mag wahrhaftig sagen: Unser ganzes Unglück bereiten wir uns selbst, da es nichts gibt, was wir tun und nicht tun sollten, das wir nicht in dem Bewusstsein tun, wir sollten's nicht, und tun es doch.

ooooo

32 **ENTTÄUSCHUNG UND RESIGNATION.** Was Enttäuschungen angeht, die nicht von unserer eigenen Torheit kommen, so sind es die Prüfungen und Besserungen des Himmels, und es ist unsere eigene Schuld, wenn sie uns nicht zum Vorteil geraten.

ooooo

33 Ihnen traurig nachzuhängen hilft uns nichts: Das heißt nur, wider den Schöpfer zu murren. Doch die Hand Gottes in ihnen zu erkennen mit demütiger

Ergebung in seinen Willen, das ist die Art, wie wir Wasser in Wein verwandeln und die größte Liebe und Gnade auf unsere Seite bringen.

ooooo

34 Wir müssen notwendigerweise in einen innerlichen Zwist geraten, betrachten wir nur unsere Verluste. Bedenken wir aber, wie wenig wir dessen würdig sind, was uns noch geblieben ist, dann wird unsere Leidenschaft abkühlen und unser Nörgeln sich zu Dankbarkeit wandeln.

ooooo

35 Wenn unser Haar nicht zu Boden fällt ohne Gottes Vorsehung, um wieviel weniger wir selbst oder das Unsrige.

ooooo

36 Und wir können nicht tiefer fallen als in die Hände Gottes, wie weit hinab wir auch fielen.

ooooo

37 Denn obwohl das Leiden unseres Erlösers vorbei ist, ist sein Mitleid es nicht. Dieses versagt sich nie seinen demütigen aufrichtigen Jüngern: In Ihm finden sie mehr, als sie je in der Welt verlören.

ooooo

38 **NÖRGELN.** Ist es vernünftig, übelzunehmen, dass jemand von uns haben möchte, was ihm gehört? Alles, was wir haben, gehört dem Allmächtigen: Und soll nicht Gott sein Eigen bekommen, wenn er es abruft?

ooooo

39 Unzufriedenheit ist in einem solchen Falle nicht nur Undankbarkeit, sondern Ungerechtigkeit. Denn wir sind sowohl undankbar für jene Zeit, da wir's besessen haben, und nicht ehrlich genug, es wiederzuerstatten, könnten wir's nur behalten.

ooooo

40 Doch ist es schwer für uns, die Dinge in einem solchen Spiegel zu betrachten und in einer solchen Entfernung von dieser niederen Welt; und doch ist es unsere Pflicht, und wäre unsere Weisheit und Glorie, wenn wir es täten.

ooooo

41 **TADEL.** Wir neigen dazu, sehr hoffärtig beim Tadeln anderer zu sein, wo wir doch selber keinen Ratschlag leiden mögen. Und nichts zeigt unsere Schwäche mehr, als dass wir so scharfäugig sind beim Ausspähen der Fehler anderer Leute und so blind bei unseren eigenen.

ooooo

42 Wenn die Taten eines Nachbarn auf der Bühne der Öffentlichkeit dastehen, können wir hübsch vernünftig sein, sind so rasch und kritisch, dass wir ein Haar spalten möchten, und finden jeden Fehler und jede Schwäche sogleich heraus: Sind aber ohne Gefühl oder haben nur wenig eigenen Verstand.

ooooo

43 Vieles hiervon kommt von arger Natur sowie von einer unmäßigen Überschätzung unserer selbst: Denn wir lieben es weit mehr, anderswo umherzustreifen als zuhause zu bleiben, und mehr, den Unglücklichen Vorwürfe zu machen als sie zu schützen und für sie Sorge zu tragen.

ooooo

44 Bei solchen Gelegenheiten zeigen manche ihre Boshaftigkeit und sind witzig, wenn ein Unglück geschieht; andere ihre Gerechtigkeit, die sie in sorgsamen Reflexionen darlegen; wenige aber oder gar keine zeigen Nächstenliebe, insonderheit wenn es um Geldangelegenheiten geht.

ooooo

45 Du siehst einen alten Geizhals mit gemessenem Ernst vortreten und mit so viel Strenge wider die

Bedürftigen, um seine Börse zu schonen, dass er, ehe er aufgehört hat, jede Hilfe ganz außer Frage gestellt hat. Reichtum ist für ihn Rechtschaffenheit. Dies, sagt er, ist die Frucht deiner Verschwendung (als ob, armer Mann, Habgier kein Fehler wäre) oder deiner Projekte, da du auf großen Handel aus warst: Da er doch selbst das Gleiche getan hätte, doch nicht den Mut besaß, so viel bares Geld aus den eigenen treuen Händen gehen zu lassen, wäre es ihm auch aus den beiden Indien wiedergebracht worden. Doch hat das Sprichwort wohl recht, das Laster soll nicht wollen die Sünde belehren.

ooooo

46 Sie haben ein Recht zu tadeln, sie haben ein Herz zu helfen; der Rest ist Grausamkeit, nicht Gerechtigkeit.

ooooo

47 **GRENZEN DER MILDTÄTIGKEIT.** Borge nicht über das hinaus, was du vermagst, und weigere dich nicht, nach deinem Vermögen zu borgen; insbesondere, so es anderen mehr hilft, als es dir schaden kann.

ooooo

48 Ist der Schuldner ehrenwert und kapabel, bekommst du dein Geld zurück, so nicht mit Zugewinn, so doch mit Lob: Erweist er sich als insolvent, dann treibe ihn nicht in den Ruin, um das zu bekommen, was zu verlieren dich nicht ruiniert: Denn du bist nur ein Knecht, und ein anderer ist dein Herr, Besitzer und Richter.

∞∞∞

49 Je mehr barmherzige Taten du tust, desto mehr Barmherzigkeit wirst du empfangen; und wenn du mit barmherziger Verwendung deiner zeitlichen Reichtümer einen ewigen Schatz gewinnst, ist dein Vorteil unendlich: Da wirst du wahrhaftig die Kunst des Vervielfachens entdeckt haben.

∞∞∞

50 SPARSAMKEIT UND GROSSZÜGIGKEIT. Sparsamkeit ist gut, wenn sich Generosität zu ihr gesellt. Das erste heißt überflüssige Ausgaben vermeiden; das zweite, Ausgaben zugunsten jener zu machen, welche sie nötig haben. Das erste ohne das zweite heckt Habgier, das zweite ohne das erste Verschwendung: Beide zusammen ergeben ein vorzügliches Temperament. Glücklich der Ort, wo dieses angetroffen wird.

∞∞∞

51 Herrschte es allgemein, wären wir von zwei Extremen geheilt, Mangel und Übermaß, und das eine würde das andere ergänzen, dass solcherart beide zum Gleichgewicht der Mitte kämen; dem rechten Maß des irdischen Glückes.

52 Es ist ein Vorwurf gegen Religion und Regierung, dass sie so viel Mangel und Überfluss zulassen.

53 Würden die Überflüssigkeiten einer Nation kalkuliert und zu einer fortwährenden Steuer oder Wohltat gemacht, gäbe es mehr Bettelhäuser denn Arme, mehr Schulhäuser denn Scholaren, und noch genug übrig für die Regierung.

54 Gastfreundlichkeit ist gut, wenn die Ärmeren unsere Gaben empfangen, ansonsten zu nahe am Überflüssigen.

55 DISZIPLIN. Willst du in deiner Familie glücklich sein und heiteren Sinnes, dann halte vor allen Dingen Disziplin.

56 Jedes Mitglied sollte seine Pflichten kennen; und es sollte für alles eine Zeit und einen Ort geben; was aber auch getan oder unterlassen wird, versäume du nicht, mit Gott anzufangen und zu endigen.

∞∞∞

57 **FLEISS.** Liebe das Arbeiten, denn wenn du seiner nicht um der Nahrung willen bedarfst, magst du es als Medizin brauchen. Es ist gesund für den Körper und gut für den Geist. Es lässt die Früchte des Müßigganges nicht aufkommen, der oft entsteht, weil es nichts zu tun gibt, und allzu viele zu dem verführt, was schlimmer ist als nichts.

∞∞∞

58 Ein Garten, ein Laboratorium, eine Werkstatt, Landbesserungen und Aufzuchten sind für die Müßigen und Klugen angenehme und profitable Zerstreuungen; denn hier haben sie keine schlechte Gesellschaft und unterhalten sich mit Kunst und Natur; deren Vielfalt ist so dankbar wie lehrreich; und sie bewahren eine gute Verfassung von Leib und Geist.

∞∞∞

59 **MÄSSIGKEIT.** Hierzu trägt eine knappe Ernährung vieles bei. Iss also, um zu leben, lebe nicht, um zu

essen. Jenes heißt wie ein Mensch getan, dieses aber unter dem Tiere.

∞∞∞

60 Lass gesunde, aber nicht teure Speise auftun, und sieh bei der Bereitung auf Sauberkeit eher denn auf Erlesenheit.

∞∞∞

61 Die Kochrezepte ergeben heutzutage ein dickes Buch, doch ein guter Magen übertrifft sie allesamt; und dazu trägt nichts mehr bei denn Fleiß und Mäßigkeit.

∞∞∞

62 Es ist eine grausame Torheit, die Leben so vieler Geschöpfe dem Prunk aufzuopfern, wie sie auf unseren Tafeln erscheinen; eine verschwenderische, mehr für die Sauce auszugeben denn für das Fleisch.

∞∞∞

63 Das Sprichwort sagt: Ist es genug, ist's so gut wie ein Festmahl: Doch ist es gewiss noch besser, insoweit Überfluss ein Fehler ist, und der tritt bei den Festen immer ein.

∞∞∞

64 Wenn du noch mit Appetit aufstehst, kannst du sicher sein, dich nie ohne solchen niederzusetzen.

∞∞∞

65 Trink nur selten, wenn du nicht so trocken bist, dass es dich dürstet, und auch dann nicht zwischen den Mahlzeiten, lässt es sich vermeiden.

ooooo

66 Je kleiner der Trunk, desto klarer der Kopf, und desto kühler das Blut, was große Vorteile im Temperament sind und im Geschäft.

ooooo

67 Starke Getränke sind gut zu Zeiten und in kleinen Maßen; sind besser zur Medizin als zur Nahrung, eher zur Kräftigung als zum gemeinen Gebrauch.

ooooo

68 Die gewöhnlichsten Dinge sind die nützlichsten, was die Weisheit und die Großzügigkeit des Herrn der Weltenfamilie zeigt.

ooooo

69 Was Er also als Seltenheit geschaffen hat, das gebrauche du nicht zu gewöhnlich: Damit du nicht den Nutz und die Ordnung der Dinge verkehrest; wollüstig und üppig werdest; und sich der Segen dir als Fluch erweise.

ooooo

70 Dass nichts umkomme, sprach unser Erlöser: doch das kommt um, was missbraucht wird.

ooooo

71 Dränge nicht einen anderen zu dem, was du selbst nicht tun wolltest; noch tue du das, was dir bei einem anderen ungezogen und unmäßig erscheint.

ooooo

72 Jegliche Unmäßigkeit ist schlecht, doch Trunkenheit ist von der schlimmsten Art: Sie verdirbt die Gesundheit, wirft den Geist aus dem Sattel und nimmt einem Manne die Kraft; sie gibt Geheimnisse preis, ist streitsüchtig, lüstern, dreist, gefährlich und verrückt; kurz, wer trunken ist, der ist kein Mensch, denn er ist in dieser Zeit bar der Vernunft, alswelche einen Menschen vom Tier unterscheidet.

ooooo

73 **KLEIDUNG.** Übermaß in der Kleidung ist auch eine teure Torheit; allein der Putz der eitlen Welt würde die ganze nackte Menschheit kleiden.

ooooo

74 Wähle deine Kleider mit den eigenen Augen, nicht mit denen eines anderen. Je schlichter und einfacher sie sind, desto besser. Weder formlos noch bizarr; und zum Gebrauch und Anstand, nicht zum Stolze.

75 Bist du reinlich und warm angetan, ist das ausreichend; denn mehr beraubt nur die Armen und ist der Wollust zu Gefallen.

76 Es heißt von der wahren Kirche, des Königs Tochter ist im Inneren ganz voll Herrlichkeit; lasst uns daher mehr für den Geist Sorge tragen als für den Leib, damit wir zu ihrem Bekenntnis gehören.

77 Man sagt uns wohl wahr, dass Sanftmut und Bescheidenheit das reiche und wohlgefällige Kleid der Seele sind; und je einfacher die Kleidung, desto deutlicher und mit größerem Glanz leuchtet ihre Schönheit.

78 Es ist sehr zu bedauern, dass solche Schönheiten so selten sind und die von Jezebels* dreister Stirne so gewöhnlich: deren Kleider Ansporn sind zur Lust, aber Schranken vor der Liebe und Tugend, kein Anreiz dazu.

ooooo

79 **RECHTE EHE.** Heirate nur aus Liebe, doch siehe zu, dass du liebest, was lieblich ist.

ooooo

80 Wenn Liebe nicht dein Hauptgrund ist, wirst du des ehelichen Standes bald müde werden und von deinem Versprechen abgehen und deine Freuden an verbotenen Orten suchen.

ooooo

81 Lass den Genuss nicht die Zuneigung verringern, sondern vermehren; es ist die niedrigste der Leidenschaften, zu mögen, was wir nicht haben, zu verschmähen, was wir besitzen.

ooooo

* Im Neuen Testament (Offenbarung, 2:20) ist die Rede von einer falschen Prophetin Jezebel oder Isebel (gr.: Ἰεζάβελ), die in der Stadt Thyatira – das heutige Akhisar in der Türkei – Christen zur Hurerei verführte.

82 Es ist der Unterschied zwischen Lust und Liebe, dass diese beständig ist, jene flatterhaft. Liebe wächst, Lust stirbt ab durch das Vergnügen: Und der Grund ist, dass die eine der Vereinigung von zwei Seelen entspricht, die andere der Vereinigung der Sinne.

ooooo

83 Sie haben verschiedenen Ursprung und gehören verschiedenen Familien an: Jene innerlich und profund, diese oberflächlich; diese flüchtig und jene dauerhaft.

ooooo

84 Die um des Geldes willen heiraten, können nicht die wahre Befriedigung der Ehe erfahren, da das notwendige Mittel fehlt.

ooooo

85 Die Menschen achten im allgemeinen mehr auf die Zucht ihrer Pferde und Hunde als auf die ihrer Kinder.

ooooo

86 Jene müssen von bester Art sein, was Form, Kraft, Mut und gute Kondition angeht: Doch bei diesen, ihrer eigenen Nachkommenschaft, soll Geld alles richten. Mit ihm macht man die Krummen gerade, lässt die Scheeläugigen gradaus sehen, heilt den Wahn-

sinn, verdeckt die Torheit, verwandelt schlechte Kondition, flickt die Haut, macht den Atem wohlriechend, repariert Ehre, macht wieder jung, tut Wunder.

ooooo

87 O wie gemein ist der Mensch geworden! Der Mensch, die edelste Kreatur der Welt, ist ein Gott auf Erden, und das Abbild dessen, der ihn geschaffen hat; solcherart die Erde für den Himmel zu halten und das Gold zu verehren an Gottes Statt!

ooooo

88 **HABGIER.** Begehrlichkeit ist das größte Ungeheuer und ist die Wurzel allen Übels. Ich habe einmal den Mann gesehen, der starb, um Kosten zu vermeiden. Wie! Zehn Shilling an den Arzt, und dazu noch eine Apothekerrechnung, die, wer weiß was, ausmachen kann! Nein, er doch nicht: und hat das Leben auf weniger als zwanzig Shilling veranschlagt. Doch kann in der Tat solch ein Mann gar keinen Preis seiner selbst ansetzen, der niedrig genug wäre; er, der – lebte er auch bis zum Kinn in Geldsäcken – eher sterben würde als sein Herz bewegen, einen einzigen davon zu öffnen, um ihm zu helfen, sein Leben zu retten.

ooooo

89 Ein solcher Mann ist nichts als ein Suizidant und verdient kein christliches Begräbnis.

ooooo

90 Er ist ein allgemeiner Anstoß, ein Wehr über den Fluss, das die Strömung stocken lässt: ein Hindernis, zu beseitigen durch eine Säuberung von Gesetzes wegen. Die einzige Befriedigung, die er seinen Nachbarn schenkt, ist der Umstand, dass er sie sehen lässt, dass sein Besitz ihm selbst ebenso wenig zugutekommt wie ihnen. Denn er schaut immer drein wie die Fastenzeit, eine Art Laien-Bettelmönch. Man mag ihn mit Pharaos mageren Rindern vergleichen, denn nichts, was er hat, tut ihm gut. Er trägt seine Kleider gewöhnlich solange, bis sie abfallen, oder bis niemand anderer sie mehr tragen kann. Er täuscht Armut vor, um Räubern und Steuern zu entgehen: Und indem er ausschaut, als bedürfe er eines Almosens, kommt er nicht in Verlegenheit, eines geben zu müssen: Er geht immer spät auf die Märkte, damit nicht auffällt, dass er das Schlechteste kauft: Das tut er aber, weil es das Billigste ist. Er nährt sich vom Abhub. Sein Leben wäre für jeglichen Charakter eine unerträgliche Strafe, den seinen ausgenommen: und keine größere Qual für ihn auf Erden, als so zu leben wie die anderen Leute. Doch das Elend seines Ver-

gnügens ist es, dass er nie genug hat an dem, was er erwirbt, und sich stets ängstigt, das zu verlieren, was er nicht zu benutzen weiß.

ooooo

91 Wie schändlich hat der sich selbst verloren, der ein Sklave seines Knechtes wird; und erhebt ihn zur Würde seines Schöpfers; Gold ist der Gott, das Weib der Freund des Geldzählers in dieser Welt.

ooooo

92 Doch in der Ehe sei du weise; zieh die Person dem Gelde vor, die Tugend der Schönheit, den Geist dem Leib: Dann hast du ein Weib, eine Freundin, eine Gefährtin, ein zweites Selbst; eine, die einen gleichen Anteil trägt wie du von all deinen Mühen und Plagen.

ooooo

93 Wähle eine, die ihre Zufriedenheit, Sicherheit und Gefahr an der deinen misst; und derer du so sicher bist wie deiner geheimsten Gedanken: eine Freundin sowohl wie eine Gattin, was in der Tat in der Gattin impliziert ist: Denn diejenige ist nur eine halbe Gattin, die nicht eine solche Freundin ist oder zu sein vermag.

ooooo

94 Geschlechter machen gar keinen Unterschied; denn in den Seelen ist keiner: Und diese sind die Subjekte der Freundschaft.

ooooo

95 Er, der auf einen Körper schaut und nicht auf eine Seele, hat nicht das beste Teil von der Beziehung; und infolgedessen fehlet ihm das edelste Behagen eines Ehelebens.

ooooo

96 Die Befriedigung unserer Sinne ist niedrig, kurz und vorübergehend. Doch der Geist verschafft ein höheres und dauernderes Vergnügen, und ist in der Lage zu einem Glück, das auf der Vernunft beruht; nicht begrenzt und beschränkt von den Umständen, in welchen die Körper eingeschlossen sind.

ooooo

97 Hier sollten wir nach unserem Vergnügen suchen, wo das Feld weit ist und voller Abwechslungen und doch dauerhaft: Krankheit, Armut und Schande können es nicht erschüttern, denn es ist nicht den Einflüssen weltlicher Zufälle unterworfen.

ooooo

98 Die Befriedigung jener, die solcherart tun, liegt darin, dass es wohlgetan ist, und in der Gewissheit einer zukünftigen Belohnung. Darin, dass sie am innigsten geliebt werden von denen, so sie am meisten lieben, und dass sie die Freiheit ihrer Geister vor der ihrer Leiber genießen; dass sie die ganze Schöpfung zur Aussicht haben; die edelsten und wunderbarsten Werke und Vorsehungen Gottes, die Historien der Alten, und in diesen die Handlungen und Exempla der Tugendhaften, und schließlich sich selbst, ihre Angelegenheiten und ihre Familie, um ihren Geist und ihre Freundschaft sich daran üben zu lassen.

ooooo

99 Nichts kann derartig ganz und gar vollkommen sein und rückhaltlos zugewandt; nichts eifriger, zärtlicher und aufrichtiger; nichts zufriedener und beständiger als solch ein Paar; noch gibt es ein größeres zeitliches Glück als das ihrige.

ooooo

100 Zwischen einem Mann und seinem Weib sollte nichts regieren außer der Liebe. Die Autorität herrsche über Kinder und Hausgesinde; doch nicht ohne Sanftheit.

ooooo

101 Wie die Liebe die beiden zusammenbringen sollte, so ist sie das beste Mittel, sie eng zusammenbleiben zu lassen.

∞∞∞

102 Deshalb gebrauche nicht diejenige als eine Dienstmagd, die zu bekommen du vielleicht sieben Jahre lang gedient hättest.

∞∞∞

103 Ein Ehemann und seine Gattin, die einander lieben und wert halten, zeigen ihren Kindern und Dienstboten, dass auch sie dieses tun sollten. Andere verlieren sichtbarlich die Autorität in ihren Familien durch ihre Verachtung füreinander; und lehren so ihre Kinder ein unnatürliches Verhalten durch ihr eigenes Beispiel.

∞∞∞

104 Es ist ein allgemeiner Fehler, die Natur in den Kindern nicht sorglicher zu erhalten, welche zumindest in zweiter Abstammung kaum mehr die starke Empfindung von Verwandtschaft haben, was zärtlichen Eltern ein unangenehmer Gedanke sein muss.

∞∞∞

105 Häufige Besuche, Geschenke, intime Korrespondenz und Eheschließungen innerhalb der Familie im Rahmen der erlaubten Grade sind Mittel, jene Fürsorge und Zärtlichkeit zu befördern, welche die Natur von Verwandten fordert.

ooooo

106 **FREUNDSCHAFT.** Freundschaft ist die nächste Freude, auf welche wir hoffen dürfen: Und wo wir sie nicht zuhause finden oder kein Zuhause haben, da wir sie finden möchten, dürfen wir sie in der Ferne suchen. Sie ist eine Vereinigung der Geister, eine Heirat der Herzen, und ihr Band ist die Tugend.

ooooo

107 Es kann keine Freundschaft geben, wo keine Freiheit ist. Freundschaft liebt eine freie Luft, und lässt sich nicht in schmale, gerade Pferche einschließen. Sie wird offen sprechen und ebenso handeln; wird nichts übel nehmen, wo nichts böse gemeint war; und selbst da, wo dem so ist, wird sie gleich verzeihen und auch vergessen, ist der Fehler einmal kurz eingeräumt worden.

ooooo

108 Freunde sind wahrhafte Zwillinge in der Seele; sie sind in allen Dingen voll Sympathie, und haben dieselben Neigungen und Aversionen.

ooooo

109 Einer ist nicht ohne den anderen glücklich, doch kann keiner von ihnen alleine elend sein. Als könnten sie den Körper tauschen, wechseln sie im Leid wie in der Freude ab; sie stehen einander in widrigsten Umständen bei.

ooooo

110 Was der eine genießt, kann dem anderen nicht fehlen. Wie die Urchristenheit haben sie alles gemeinsam, und kennen kein Eigentum außer einander.

ooooo

111 **WESENSZÜGE EINES FREUNDES.** Ein wahrer Freund offenbart sich frank und frei, rät recht, wagt kühn, nimmt alles geduldig hin, verteidigt mutig und bleibt ein Freund unveränderlich.

ooooo

112 Da solcherart die Züge eines Freundes sind, sollten wir diese auch erst wahrgenommen haben, ehe wir uns einen wählen.

ooooo

113 Die Habgierigen, die Zornmütigen, die Stolzen, die Misstrauischen, die Geschwätzigen können nur schlechte Freunde abgeben und falsche dazu.

ooooo

114 Kurz, wähle dir einen Freund wie du ein Eheweib wähltest, bis dass der Tod euch scheide.

ooooo

115 Doch sei du kein Freund über den Altar hinaus: Lasse die Tugend deine Freundschaft begrenzen. Sonst ist es nicht Freundschaft, sondern ein sündiges Bündnis.

ooooo

116 Will mein Bruder oder Verwandter mein Freund sein, dann sollte ich ihn einem Fremden vorziehen, ansonsten ließe ich es an Pflichtgefühl und Natur wider meine Eltern fehlen.

ooooo

117 Und wie wir unsere Anverwandten im freundschaftlichen Gefühl vorziehen sollten, so auch in der Wohltätigkeit, wenn sie gleichermaßen bedürftig und würdig sind wie andere.

ooooo

118 **VORSICHT IM VERHALTEN.** Lass dich nicht allzu leicht auf eine Bekanntschaft ein, denn falls du Grund hast, sie wieder abkühlen zu lassen, machst du dir wohl einen Feind anstatt eines guten Nachbarn.

ooooo

119 Sei zurückhaltend, aber nicht säuerlich; ernst, aber nicht steif; entschlossen, aber nicht übereilig; bescheiden, aber nicht servil; geduldig, aber nicht um alles unbekümmert; beständig, aber nicht stur; heiter, aber nicht leichtsinnig; sei eher höflich als vertraut, eher vertraut als intim, und sei intim nur mit ganz wenigen Leuten und aus sehr guten Gründen.

ooooo

120 Erwidere die Höflichkeiten, die du empfängst, und sei stets dankbar für erwiesene Gefälligkeiten.

ooooo

121 **WIEDERGUTMACHUNG.** Wenn du einem anderen etwas zu Leid getan hast, gestehe es ein und verteidige es nicht. So empfängst du Vergebung; anders verdoppelst du den Schaden und das, was dir zur Last gelegt wird.

ooooo

122 Manche setzen dem Abbitten die Ehre entgegen; doch kann es keine Ehre sein, an dem festzuhalten, was zu tun unehrenhaft ist.

∞∞∞

123 Einen Fehler einzuräumen, der keiner ist, nur aus Angst, das ist gewiss dürftig; sich aber nicht davor zu scheuen, auf einem Fehler zu beharren, das ist viehisch.

∞∞∞

124 Wir sollten es eiliger haben, unserem Nachbarn sein Recht zu verschaffen, als wir zugesehen haben, ihn zu schädigen, und anstatt rachsüchtig zu sein, sollten wir es ihm überlassen, das Ding zu seiner eigenen Zufriedenheit festzusetzen.

∞∞∞

125 Wahre Ehre zahlt lieber dreifach Buße, als dass sie ein Unrecht durch ein anderes rechtfertigen wollte.

∞∞∞

126 Bei solchen Auseinandersetzungen kommt es häufig vor, dass jemand sagt, da hätten beide Schuld, um ihre eigene Gleichgültigkeit verzeihlich zu machen, was eine niedrige Neutralität ist. Andere werden rufen: Sie sind beide gleich; damit machen sie

den Geschädigten mit dem Schuldigen gemein, um dessen Fehler zu beschönigen oder ihre eigene Ungerechtigkeit dem Opfer gegenüber zu verdecken.

ooooo

127 Angst und Vorteil sind große Verderber der Menschheit, und wo eins oder das andere sich durchsetzt, wird das Urteil pervertiert.

ooooo

128 **REGELN FÜR DIE UNTERHALTUNG.** Meide Gesellschaft, so sie nicht vorteilhaft oder notwendig ist, und bei diesen Gelegenheiten sprich wenig und zuletzt.

ooooo

129 Schweigen ist Weisheit; während Reden Torheit ist. Und Schweigen ist stets sicher.

ooooo

130 Manche sind so töricht, dass sie die Redenden unterbrechen und vorwegnehmen wollen, was jene sagen, anstatt zuzuhören und nachzudenken, ehe sie sprechen; was nicht nur albern ist, sondern unhöflich.

ooooo

131 Wenn du zweimal nachdenkst, ehe du einmal sprichst, wirst du zweimal so gut sprechen.

ooooo

132 Sprich lieber gar nicht als etwas zu sagen, das nicht hergehört. Und um recht zu reden, überlege, was angemessen ist, und wann es angemessenerweise vorzubringen wäre.

ooooo

133 In allen Debatten lass die Wahrheit dein Ziel sein und nicht den Sieg oder ein ungerechtes Interesse: Und versuche, deinen Gegner eher zu gewinnen als ihn bloßzustellen.

ooooo

134 Gib keinen Vorteil in der Diskussion preis und lass keinen ungenutzt, der sich dir bietet. Dies ist ein Nutzen, den das Temperament mit sich bringt.

ooooo

135 Disputiere nicht wider dein eigenes Urteil, um witzig zu erscheinen, auf dass du dich nicht daran gewöhnst, gleichgültig gegenüber dem zu sein, was recht ist. Auch nicht wider einen anderen Mann, um ihn zu ärgern, oder als bloße Übung deiner Geschick-

lichkeit; denn es sollte der Zweck aller Beratungen sein, zu belehren oder sich belehren zu lassen.

ooooo

136 Die Menschen neigen allzusehr dazu, für ihr Prestige Sorge zu tragen anstatt für die Sache.

ooooo

137 **BEREDSAMKEIT.** Es liegt eine Wahrheit und Schönheit in der Rhetorik, doch dient sie öfter argen Zwecken als guten.

ooooo

138 Eleganz ist ein gutes Mittel und stellt eine Materie wirkungsvoll dar, ob nun in direkter oder figürlicher Rede; sind die Worte gut gewählt, die Anspielungen natürlich, dann hat sie gewiss eine Anmut, die zu bewegen weiß: Doch ist sie zu kunstreich für die Schlichtheit und oft auch für die Wahrheit. Die Gefahr liegt darin, dass sie die Schwachen täuschen kann, die in solchen Fällen die Dienstmagd für die Herrschaft halten könnten, wenn nicht gar den Irrtum für die Wahrheit.

ooooo

139 Ganz gewiss schuldet die Wahrheit ihr am wenigsten, weil sie ihrer am wenigsten bedarf und sie am wenigsten benützt.

ooooo

140 Doch ist es eine tadelnswerte Preziosität bei denen, welche die Wahrheit in einfachen Kleidern verachten.

ooooo

141 Solch üppiger Geschmack hat einen falschen Appetit, wie die Fresser, die sich durch Saucen kitzeln, wenn sie gar keinen Hunger haben, und ihrem Gaumen opfern anstatt ihrer Gesundheit: was nicht möglich ist ohne große Eitelkeit, und diese wiederum nicht ohne Sünde.

ooooo

142 **REIZBARKEIT.** Nichts steht Vernunftgründen besser an als die Gelassenheit derer, die sie vorbringen: Denn die Wahrheit muss oft mehr durch die Hitze ihrer Verteidiger erleiden als durch die Argumente ihrer Gegner.

ooooo

143 Eifer entspringt immer einem Anschein von Wahrheit, und die, so sich einer Sache gewiss sind,

erregen sich gerne; doch ist dies die schwache Seite ihrer Argumente; Eifer erzeigt man besser wider die Sünde als wider Personen oder deren Fehler.

ooooo

144 **WAHRHEIT.** Wo du sprechen musst, sprich auf jeden Fall die Wahrheit; denn etwas Mehrdeutiges ist schon eine halbe Lüge; wie die Lüge schon der ganze Weg zur Hölle ist.

ooooo

145 **GERECHTIGKEIT.** Glaube nichts, was gegen einen anderen spricht, es habe denn große Autorität; teile nichts mit, was einem anderen schaden könnte, es sei denn, das Verschweigen wäre ein noch größerer Schaden für einen Dritten.

ooooo

146 **GEHEIMNISSE.** Es ist weise, keinem Geheimnis nachzuforschen, und anständig, keines zu enthüllen.

ooooo

147 Vertraue nur dir selbst, so wird dich kein anderer verraten.

ooooo

148 Offenheit hat all die Gefahr, wenn auch nicht die Bosheit des Verrates.

ooooo

149 GEFÄLLIGKEIT. Pflichte nie anderen bei, nur um ihnen zu gefallen. Denn darin liegt neben Schmeichelei oft Unwahrheit; es zeigt einen Geist, der zu Servilität und Niedrigkeit neigt: Noch widersprich, um andere zu ärgern, denn das beweist eine schlechte Gesinnung und schafft Zwietracht, nützt aber niemandem.

ooooo

150 WINKELZÜGE. Klage nicht andere an, um dich selbst zu entschuldigen; denn das ist weder großmütig noch gerecht. Lass Aufrichtigkeit und Klugheit deine Zuflucht sein statt List und Falschheit: Denn Schläue grenzt gar nah an Schuftigkeit.

ooooo

151 Die Weisheit benützt sie nie noch bedarf sie ihrer. Schläue steht zur Weisheit wie der Affe zum Menschen.

ooooo

152 **INTERESSE.** Ein Interesse hat die Festigkeit, doch nicht die Tugend eines Prinzips. Wie der Gang der Welt ist, ist man bei ihm sicherer aufgehoben; denn täglich verlassen Menschen Verwandtschaft und Religion, um ihm zu folgen.

ooooo

153 Es ist ein seltsamer Anblick, doch deutlich wahrzunehmen, dass Familien und Nationen von ganz entgegengesetzten Religionen und Temperamenten sich verbünden wider die jeweils Eigenen, wo sie ein Interesse finden, das sie leitet.

ooooo

154 Wir sind durch unsere Sinne an diese niedere Welt gebunden, und wo diese in Frage steht, kann es bei weltlichen Menschen kein Zögern geben, alle anderen Erwägungen um ihretwillen aufzugeben.

ooooo

155 **UNTERSUCHUNG.** Hüte dich vor den verbreiteten Vorurteilen. Sei in deinen Abneigungen wie in deinen Zugeständnissen vernünftig.

ooooo

156 Untersuchung ist menschlich, blinder Gehorsam hat etwas Tierisches. Die Wahrheit verliert nie durch die erstere, leidet aber oft unter letzterem.

ooooo

157 Die nützlichsten Wahrheiten liegen am deutlichsten zutage: und wenn wir uns an sie halten, können unsere Meinungen nicht allzu sehr voneinander divergieren.

ooooo

158 Es mag eine Lüsternheit in Nachforschungen liegen ebenso wie eine Dummheit im Vertrauen. Es ist große Weisheit, gleichermaßen diese Extreme zu meiden.

ooooo

159 **DER RECHTE ZEITPUNKT.** Tu nichts, wo es nicht hingehört. Manche Leute sind witzig, freundlich, kalt, zornig, gefällig, steif, misstrauisch, sorglos, vorsichtig, zuversichtlich, zugeknöpft, offenherzig, und alles am falschen Ort.

ooooo

160 Es ist arg, sich darüber zu täuschen, wo eine Sache von Bedeutung ist.

ooooo

161 Es genügt nicht, dass ein Ding recht ist, wenn es sich nicht zu tun gehört. Wenn es nicht klug ist, mag es recht sein, es ist aber nicht ratsam. Wer verliert, indem er erwirbt, sollte lieber verlieren als erwerben.

ooooo

162 **WISSEN.** Wissen ist der Schatz, doch das Urteil ist der Schatzmeister des weisen Mannes.

ooooo

163 Wer mehr Wissen besitzt denn Urteilskraft, ist eher für den Nutzen eines anderen geschaffen als für den eigenen.

ooooo

164 Das kann keine gute Verfassung sein, wenn der Appetit groß und die Verdauung schwach ist.

ooooo

165 Es gibt Leute, die sind wie Wörterbücher; gut dazu, dass man gelegentlich hineinsieht, aber ohne Zusammenhang, und kaum unterhaltend.

ooooo

166 Wenig Wissen, aber Urteilsfähigkeit wird immer den Vorteil haben vor dem urteilslosen wissenden Mann.

∞∞

167 Ein weiser Mann macht sich das, was er lernt, zu eigen; der andere beweist, dass er nur eine Kopie ist oder bestenfalls eine Sammlung.

∞∞

168 WITZ. Witz ist eine glückliche und überraschende Art, einen Gedanken auszudrücken.

∞∞

169 Nicht oft, auch wenn er geschickt ist und den Gedanken kleidet, hat er viel Substanz in sich.

∞∞

170 Witz ist deshalb für die Unterhaltung eher angemessen als für die Geschäfte, da er der Phantasie mehr verdankt als dem Urteil.

∞∞

171 Weniger Urteil als Witz heißt mehr Segel als Ballast.

∞∞

172 Doch muss man einräumen, dass der Witz der Vernunft eine Schärfe verleiht und ihr in höchstem Maße weiterhilft.

ooooo

173 Wo die Urteilskraft Witz hat, sich zum Ausdruck zu bringen, da haben wir den besten Redner.

ooooo

174 **GEHORSAM DEN ELTERN GEGENÜBER.** Wenn du als Vater willst, dass man dir gehorche, sei ein gehorsamer Sohn.

ooooo

175 Wer dich erzeugt, besitzt dich; und er hat ein natürliches Recht über dich.

ooooo

176 Nächst Gott deine Eltern; nächst diesen die Gerichtsbarkeit.

ooooo

177 Gedenke, dass du bei deinen Eltern nicht tiefer in der Schuld stehst für deine Natur als für ihre Liebe und Fürsorge.

ooooo

178 Die Rebellion von Kindern wurde deshalb durch Gottes Gesetz für todeswürdig erklärt, und ist gleich die nächste Sünde nach dem Götzendienst bei einem Volke, welcher bedeutet, Gott abzusagen, dem großen Vater unser aller.

ooooo

179 Gehorsam den Eltern gegenüber ist nicht nur unsere Pflicht, sondern auch unser Interesse. Wenn wir unser Leben von ihnen erhalten haben, verlängern wir es, indem wir ihnen gehorchen; denn Gehorsam ist das erste Gebot mit einem Versprechen.

ooooo

180 Die Verpflichtung ist so unauflösbar wie das Verwandtschaftsverhältnis.

ooooo

181 Wenn wir ihnen nicht gehorchen können, weil es gegen den Gehorsam wider Gott verstieße, müssen wir ihnen mindestens zeigen, dass unsere Weigerung keinen anderen Grund hat. Denn einzelne ungerechte Befehle können nicht eine allgemeine Vernachlässigung unserer Pflicht entschuldigen. Sie werden unsere Eltern bleiben, und wir immer noch ihre Kinder sein: Und wenn wir ihnen nicht Gott zum Trotz gehorsam sein können, dürfen wir doch nicht anderweitig ihnen zuwiderhandeln um unserer selbst oder irgendetwas anderem willen.

ooooo

182 **GEBAREN.** Ein Mann, der Geschäfte betreibt, muss sich viele Dreistigkeiten gefallen lassen, wenn er seine Ruhe liebt.

ooooo

183 Wir dürfen nicht merken lassen, was wir alles wahrnehmen, wenn wir gleichmütig sein wollen.

ooooo

184 Es wäre eine endlose Geschichte, wollte man über alles streiten, was bestreitbar ist.

ooooo

185 Ein rachsüchtiges Temperament ist nicht nur anderen unangenehm, sondern auch denen, die es besitzen.

ooooo

186 **VERSPRECHEN.** Versprich nur selten. Doch wenn es rechtlich, löse alles getreulich ein.

ooooo

187 Rasche Vorsätze sind wie unbedachte Schwüre und ebenso zu vermeiden.

ooooo

188 Das werde ich niemals tun, sagt der eine, und er tut es doch; ich bin entschlossen, das zu tun, sagt ein anderer, doch lässt er ab, wenn er darüber nachdenkt, oder tut's, so peinlich es ist, um der Welt willen, als wäre es schlimmer, sein Wort zu brechen, als Falsches zu tun, indem man's hält.

ooooo

189 Trage keine selbstgeschmiedeten Ketten, sondern bleibe frei, solange du frei bist.

ooooo

190 Es ist eine Folge der Leidenschaft, die dann die Weisheit korrigieren muss, dass man sich an Vorsätze bindet, die nicht gut festgelegt und nur noch ärger eingelöst werden können.

ooooo

191 TREUE. Vermeide es, wenn du irgend kannst, dass man dich im Vertrauen zu etwas verpflichtet: Doch tue dein Äußerstes, das zu erfüllen, was du übernommen hast: Denn Achtlosigkeit ist schädlich, wo nicht ungerecht.

∞∞

192 Der Ruhm eines Bediensteten ist die Treue: die nicht sein kann ohne Sorgfalt wie auch Wahrheit.

∞∞

193 Treue hat Sklaven zu freien Menschen gemacht und hat vermocht, dass Dienstboten an Sohnes Statt angenommen wurden.

∞∞

194 Belohne einen guten Diener reichlich: und entlasse einen argen lieber, als dich mit ihm zu beunruhigen.

∞∞

195 **DER HERR.** Verbinde Freundlichkeit und Autorität, und herrsche mehr durch Diskretion als durch Strenge.

∞∞

196 Wenn dein Diener Fehler hat, versuche eher, ihn zum Besseren zu überreden, als deinen Unmut sehen zu lassen; und wenn er vernünftig ist, verzeih ihm.

∞∞

197 Gedenke, dass er dein Mitgeschöpf ist, und dass Gottes Güte und nicht dein Verdienst den Unterschied zwischen dir und ihm gesetzt hat.

ooooo

198 Lass deine Kinder nicht über das Gesinde herrschen: Noch lasse es zu, dass dieses deine Kinder nicht ehrt.

ooooo

199 Unterdrücke allgemein das Gerede: Doch wo ein Umstand Aufmerksamkeit erfordert, ermuntere die Klage und verschaffe den Geschädigten Recht.

ooooo

200 Ist er ein Kind, soll er bitten und nicht befehlen, ist er ein Diener, soll er sich fügen, wo er nicht gehorcht.

ooooo

201 Obwohl es nur einen Herrn und eine Herrin im Hause gibt, sollen doch die Bediensteten wissen, dass Kindern die Nachfolge zukommt.

ooooo

202 **DER DIENER.** Erlaube den Kindern deiner Herrschaft nichts Ungehöriges noch verweigere ihnen, was angemessen ist: Denn das eine ist die höchste Untreue, das andere so indiskret wie respektlos.

203 Tu deine Arbeit anständig und fröhlich; und wenn sie getan ist, hilf deinem Gesellen, dass er ein anderes Mal dir helfen möge.

204 Wenn du ein guter Diener sein willst, musst du getreu sein, und getreu kannst du nicht sein, wenn du deinen Herrn um etwas betrügst.

205 Ein Herr kann von einem Diener auf vielerlei Weise betrogen werden, so um Zeit, Sorgfalt, Anstrengung, Geld, Vertrauen.

206 Doch ein treuer Diener ist das Gegenteil: Er ist sorglich, aufmerksam, vertrauenswürdig. Er erzählt nichts herum, verrät keine Geheimnisse, verweigert keine Anstrengung: ist nicht in Versuchung zu führen durch Gewinn, nicht durch Angst zur Untreue zu verleiten.

207 Solch ein Diener dient Gott, indem er seinem Herren dient; und hat doppelten Lohn für seine Arbeit, nämlich jetzt und in der anderen Welt.

ooooo

208 **MISSTRAUEN.** Sei nicht eingebildet misstrauisch, denn das ist töricht, so wie es in vernünftigem Maße weise ist.

ooooo

209 Der die Taten anderer Menschen allzu genau bemisst, betrügt sich selbst, so wie er jene verletzt.

ooooo

210 In Geschäften sehr subtil und skrupulös zu sein, ist ebenso schädlich wie allzuviel Zutrauen und Selbstsicherheit.

ooooo

211 In schwierigen Fällen ist solch ein Temperament ängstlich, und in kritischen Fällen ist es unentschlossen.

ooooo

212 Die Erfahrung ist eine sichere Führerin; und ein praktischer Kopf ist ein großes Glück im Geschäfte.

ooooo

213 **NACHWELT.** Wir tragen zu wenig Sorge für die Nachwelt und bedenken nicht, dass so, wie wir sind, die nächste Generation sein wird.

214 Wenn wir die Welt bessern wollen, sollten wir uns selbst bessern und unsere Kinder lehren, nicht das zu sein, was wir sind, sondern was sie sein sollten.

215 Wir neigen allzu sehr dazu, ihre Leidenschaften zu wecken und zu stimmen nach dem Exempel unserer eigenen; und sie zu lehren, Gefallen nicht am Besten zu haben, sondern an dem, was ihnen am besten gefällt.

216 Es ist unsere Pflicht und sollte unsere Sorge sein, dieser Leidenschaft in ihnen zu wehren, die insonderheit auch unsere eigene Schwäche und Kümmernis ist. Denn wir schulden in hohem Maße Rechenschaft für sie, nicht nur für uns selbst.

217 In dieser Hinsicht stellen wir auch wahrhaftig die Welt auf den Kopf, denn das Geld kommt zuerst, die

Tugend zuletzt, und für sie tragen wir die wenigste Sorge.

∞∞∞

218 Nicht das, was wir den Kindern hinterlassen, zählt, sondern wie wir sie hinterlassen.

∞∞∞

219 Ja, die Tugend ist nur eine Zutat und nicht das Hauptstück in ihrem Charakter und Erbteil: Und deshalb sehen wir so wenig Weisheit und Güte unter den Reichen, gemessen an ihrem Wohlstand.

∞∞∞

220 **EIN LEBEN AUF DEM LANDE.** Das Landleben ist vorzuziehen, denn dort sehen wir die Werke Gottes; in den Städten aber kaum mehr als die Werke der Menschen: Und das eine gibt einen ergötzlicheren Gegenstand unserer Betrachtungen ab als das andere.

∞∞∞

221 Wie Marionetten zu Menschen und wie Säuglinge zu Kindern verhalten sich die Werke des Menschen zu denen Gottes: Wir sind das Abbild, Er die Wirklichkeit.

∞∞∞

222 Gottes Werke verkünden Seine Macht, Weisheit und Güte, doch die des Menschen meistenteils seine Hoffart, Torheit und Unmäßigkeit. Die einen sind von Nutzen, die anderen vorwiegend zur Prahlerei und Lust.

223 Das Land ist dem Philosophen ein Garten und eine Bibliothek, in der er liest und die Macht, Weisheit und Güte Gottes betrachtet.

224 Es ist seine Nahrung sowohl wie sein Studium, und gibt ihm Leben sowie Gelehrsamkeit.

225 Ein schöner und natürlicher Rückzugsort vom Lärm und Gerede; und gibt Gelegenheit zur Reflexion und gleich die besten Gegenstände derselben dazu.

226 Kurz, das Land ist ein Original, und seine Kenntnis und Verbesserung des Menschen ältestes Geschäft und erster Beruf, und das Beste, dessen er sich befleißigen kann.

227 **KUNSTFERTIGKEIT UND PROJEKTE.** Kunst ist gut, wo sie wohltätig wirkt. Sokrates begrenzte weise sein Wissen und seine Lehre durch die Praxis.

ooooo

228 Hüte dich deshalb vor der Projektenmacherei: Und doch verschmähe nichts voreilig oder pauschal.

ooooo

229 Der erfinderische Scharfsinn leidet manchmal wie die Religion zwischen zwei Dieben, den Prahlern und den Spöttern.

ooooo

230 Obwohl Projektenmacher ohne Urteilskraft oder ohne Ehrlichkeit oft die Kunst in Misskredit bringen, sind auch die nützlichsten und außergewöhnlichsten Erfindungen zuerst kaum dem Hohn der Ignoranz entgangen, so wenig wie ihre Urheber einem Steinwurf an den Kopf oder einem krummen Rücken.

ooooo

231 Unternimm kein Experiment als geschäftliche Spekulation, das sich nicht vorher in der Kunst bewiesen hat, und selbst dann nicht auf eigene Kosten, wenn es aufwendig oder gar schwer herzustellen ist.

ooooo

232 Wie viele Hände die Arbeit leicht machen, so machen mehrere Geldtaschen die Experimente billig.

233 **FLEISS.** Fleiß ist gewiss sehr ratsam und schafft dir das, was fehlt.

234 Geduld und Sorgfalt versetzen wie der Glaube Berge.

235 Lass niemals ab, solange Hoffnung ist, doch hoffe nicht wider die Vernunft, denn das hat mehr vom Wunsch als von der Urteilskraft.

236 Es ist profitable Weisheit, zu erkennen, wann wir genug getan haben: Viel Zeit und Mühe werden erspart, wenn wir uns nicht selbst wider alle Wahrscheinlichkeit etwas vormachen.

237 **ZEITLICHES GLÜCK.** Tue Gutes mit dem, was du hast, oder es wird dir nicht zum Guten gereichen.

238 Strebe nicht danach, reich zu sein, sondern glücklich. Das eine liegt in Säcken da, das andere zeigt sich in Zufriedenheit; diese kann die Wohlhabenheit niemals verleihen.

∞∞∞

239 Wir neigen dazu, allen Dingen falsche Namen zu geben. Wir tun so, als sei Prosperität ein Glück, und Missgeschick ein Elend; doch ist es die Schule der Weisheit, und oft der Weg zu ewigem Glück.

∞∞∞

240 Wenn du glücklich sein möchtest, konzentriere deinen Geist auf deinen Zustand und sei allem gegenüber gleichgültig, was mehr ist als ausreichend.

∞∞∞

241 Sieh zu, dass du nur wenig tun musst, und dies tue selbst; und sei zu anderen, wie du willst, dass sie zu dir sind; so kann es dir nicht an zeitlichem Glück fehlen.

∞∞∞

242 Die Menschen sind im allgemeinen in der Fülle des Besitzes nur schlimmer gestellt. Der Üppige zehrt die Fülle auf, der Geizhals versteckt sie: Es ist der gute Mann, der sie gebraucht, und das zu

guten Zwecken. Doch so einen findet man kaum unter den Wohlhabenden.

∞∞∞

243 Sei lieber generös, als dass du jemandem teuer zu stehen kommst.

∞∞∞

244 Veranstalte keine Festmähler und gehe zu keinen, sondern lasse die fleißigen Armen dich in ihren Häusern preisen.

∞∞∞

245 Entbehre nie freiwillig das, was du in deinem Besitz hast; noch verbrauche es so, dass du dich in unvermeidliche Entbehrung bringst.

∞∞∞

246 Lass dich nicht versuchen, aus deinem Erfolg einen noch größeren ableiten zu wollen; denn viele, so vieles hatten, haben alles verloren, weil sie begehrten, noch mehr zu erwerben.

∞∞∞

247 Viel zu riskieren, um viel zu erwerben, hat mehr von Habgier als von Weisheit.

∞∞∞

248 Es ist große Klugheit, den Wohlstand zu begrenzen und zu benutzen.

∞∞∞

249 Allzu wenige wissen, wann sie genug haben; noch weniger wissen, wie sie das Ihre gebrauchen sollen.

∞∞∞

250 Es ist gleichermaßen ratsam, sich nicht leichthin von dem zu trennen, was man schwer erworben hat, und das nicht allzu streng wegzuschließen, was frei herbeiströmt.

∞∞∞

251 Handle nicht als der Blutsauger deines Nachbarn; zieh keinen Vorteil aus der Ignoranz, Verschwendungslust oder Zwangslage irgendeines Menschen: Denn das ist fast schon ein Betrug und ergibt noch im besten Falle nichts als einen Gewinn, auf dem kein Segen liegt.

∞∞∞

252 Es ist oft die Strafe Gottes für gierige reiche Leute, dass er sie ihr Begehren nach Besitz bis ins Übermaß verfolgen lässt, wo dann der Übergriff herrscht, die Auspressung der Armen oder die Unterdrückung, was schließlich alles vergiftet, was sie erworben haben: so dass es im allgemeinen sich rasch

wieder verläuft, und zwar auf ebenso schlechten Wegen wie jene einst, auf denen es erworben ward.

∞∞∞

253 **ACHTUNG.** Schätze nie irgendeinen Menschen oder dich selbst höher um des Geldes willen; noch denke geringer von dir oder einem anderen wegen des Mangels an Geld: Tugendhaftigkeit ist der rechte Grund für Achtung, und deren Mangel für Geringschätzung.

∞∞∞

254 Ein Mann ist, wie eine Uhr, wegen des rechten Ganges zu schätzen.

∞∞∞

255 Wer ihn aus anderen Gründen vorzieht, neigt sich vor einem Götzenbild.

∞∞∞

256 Wenn uns die Tugend nicht leitet, müssen wir das Falsche wählen.

∞∞∞

257 Ein begabter schlechter Mensch ist ein schlimmes Werkzeug und zu meiden wie die Pest.

∞∞∞

258 Lass dich nicht durch den ersten Anschein der Dinge täuschen; lass dir Zeit, um Recht zu behalten.

ooooo

259 Der Schein ist nicht das Wesen; das Wirkliche leitet die weisen Menschen.

ooooo

260 Hüte dich deshalb da, wo mehr Segel gesetzt werden, als Ballast an Bord ist.

ooooo

261 **RISIKO.** In allen Geschäften ist es das Beste, nichts zu riskieren; ist dies jedoch unvermeidlich, dann sei nicht vorschnell, sondern fest und entschieden.

ooooo

262 Wir sollten uns nicht um das sorgen, was wir nicht ändern können, und wenn es unsere Schuld war, so sei es das schließlich nicht mehr. Besserung ist Reue, wenn auch nicht Wiedergutmachung.

ooooo

263 Wie ein verzweifeltes Spiel einen brillanten Spieler erfordert, so verhindert die Überlegung oft, was

die größte Geschicklichkeit auf der Welt nicht wiederbringen kann.

ooooo

264 Wo die Wahrscheinlichkeit eines Vorteils nicht die des Verlustes überwiegt, dorthin geht die Weisheit nie auf Abenteuer.

ooooo

265 Den Vogel im Flug zu treffen ist gut, sich aber auf einen solchen Schuss zu kaprizieren, zeigt mehr Eitelkeit als rechtes Urteil.

ooooo

266 In der Gefahr geschickt zu agieren ist eine Tugend, doch die Gefahr herauszufordern, um sich in ihr geschickt zu zeigen, ist eine Schwäche.

ooooo

267 **HERABSETZENDE REDEN.** Hüte dich vor jener gemeinen Bosheit, der Herabsetzung. Sie ist die Frucht des Neides wie des Stolzes; das unmittelbare Geschöpf des Teufels, welcher sich aus einem Engel, einem Lucifer, einem Sohn des Morgens zu einer Schlange machte, einem Satan, einem Beelzebub und allem, was der ewigen Güte zuwider ist.

ooooo

268 Die Tugend ist nicht gefeit gegen den Neid. Die Menschen verringern das, was sie nicht nachahmen wollen.

ooooo

269 Sei abgeneigt dem, was es verdient, doch hasse nie, denn das ist dem Wesen nach Bosheit, welche sich fast immer auf Personen richtet und nicht auf Dinge und eine der schwärzesten Wesenszüge ist, so die Sünde in der Seele erzeugt.

ooooo

270 **MÄSSIGUNG.** Es wäre ein glücklicher Tag, wenn die Menschen es einmal vermöchten, ihren Ärger unzertrennlich mit der Nächstenliebe zum Missetäter zusammengehen zu lassen; denn dann wäre unser Zorn ohne Sünde, und würde dem Schuldigen besser das Urteil sprechen und ihn dabei erbauen, und dies allein entspräche dem Gesetz.

ooooo

271 Sich niemals provozieren lassen, ist das Beste; doch wenn uns die Leidenschaft bewegt, sollten wir nie zuschlagen, bis der Furor sich gelegt hat, denn jeder Hieb, den die blinde Wut führt, wird uns gewiß am Ende selbst treffen.

ooooo

272 Würden wir uns nur die Schlüsse einprägen, die unsere Vernunft beim Nachdenken zieht, wenn die Leidenschaft verraucht ist, dann würde es uns nicht an einer Regel fehlen, wie wir uns das nächste Mal bei solchem Anlass verhalten sollten.

ooooo

273 Wir neigen eher dazu, uns zu beklagen, als das Arge in Ordnung zu bringen, mehr dazu, etwas zu tadeln, als es zu entschuldigen.

ooooo

274 Es ist fast unverzeihlich, dass wir so oft über das klagen, was wir nicht ein einziges Mal zu verbessern suchen. Es zeigt: Wir kennen den Willen unseres Herrn, wollen ihn aber nicht tun.

ooooo

275 Die tadeln, sollten selber in der Sache tätig sein; oder aber man lasse ihnen den ersten Stein, und den letzten auch.

ooooo

276 LIST. Nichts bedarf einer List außer der Listigkeit; die Aufrichtigkeit verabscheut sie.

ooooo

277 Wir müssen darauf achten, die richtigen Dinge recht zu tun, denn ein gerechter Urteilspruch kann ungerecht durchgesetzt werden.

∞∞

278 Die Umstände schenken der wahren Urteilskraft helles Licht, wenn man sie richtig abwägt.

∞∞

279 LEIDENSCHAFT. Die Leidenschaft ist eine Art Fieber des Geistes, wir sind nach ihrem Auftreten immer schwächer als zuvor.

∞∞

280 Doch da sie nur hie und da auftritt, lässt sie sich sicherlich heilen, wenn man sorgfältig vorgeht.

∞∞

281 Sie beraubt uns mehr als irgendetwas anderes unserer Urteilsfähigkeit, denn sie wirbelt einen Staub auf, den zu durchschauen sehr schwierig ist.

∞∞

282 Wie Wein, dessen Bodensatz auffliegt, wenn man ihn schüttelt, ist sie zu trüb, um getrunken zu werden.

∞∞

283 Es wäre nicht unangemessen, vom Mob im Menschen zu sprechen, der einen Aufstand gegen seine Vernunft anzettelt.

ooooo

284 Ich habe mir oft gedacht, dass ein leidenschaftlicher Mann wie eine schwache Sprungfeder ist, die lange Anspannung nicht aushält.

ooooo

285 Und es ist auch wahr, dass die Gegenstände nicht zum Gebrauch taugen, die kleine Stöße nicht vertragen, ohne dass sie zu Bruch gehen.

ooooo

286 Wer nicht zuhören kann, kann nicht urteilen, und wer keinen Widerspruch anzuhören vermag, der mag bei allem Scharfsinn die rechte Lösung verfehlen.

ooooo

287 Widerspruch und Diskussion sieben die Wahrheit heraus, was Temperament ebenso erfordert wie Urteilskraft.

ooooo

288 Man beobachte die Leidenschaft vor allem in persönlichen Abneigungen, denn dort treibt sie die wunderlichsten Blüten.

ooooo

289 Tadle nie aus Zorn, sondern stets zur Belehrung.

ooooo

290 Wer aus Leidenschaft straft, erweckt eher Rache denn Reue.

ooooo

291 Sie hat mehr von der Wollust als von der Weisheit und gemahnt an jene, die essen, um ihren Gaumen zu kitzeln, und nicht, um ihren Appetit zu befriedigen.

ooooo

292 Das ist der Unterschied zwischen einem weisen und einem schwachen Mann – der eine urteilt nach dem groben Umriss insgesamt, der andere nach den einzelnen Teilen und ihrer Verbindung.

ooooo

293 Die Griechen pflegten zu sagen: Alle Vorfälle werden von ihren Umständen bestimmt. Ein und

dasselbe mag gut oder übel sein, je nachdem, wie diese die Sache verändern oder abwandeln.

ooooo

294 Die Stärke eines Mannes zeigt sich in seinem Auftreten. *Bonum agere et mala pati, regis est.**

ooooo

295 **PERSÖNLICHE VORSICHTSMASSREGELN.** Lass bei deinen Überlegungen die Bosheit beiseite, aber nicht dein Bedürfnis.

ooooo

296 Verachte niemanden, verachte keinen Zustand: Er könnte einmal dein eigener sein.

ooooo

297 Schimpfe nie und verhöhne niemanden; das eine ist grob, das andere verächtlich, und beides sündhaft.

ooooo

* Gutes tun und Übles erdulden, das ist die Haltung eines Königs.

298 Lass dich durch Verletzungen nicht provozieren, ebensolche zu begehen.

ooooo

299 Stelle nur die Undankbarkeit zur Rede.

ooooo

300 Eile schafft Arbeit, die durch Vorsicht verhindert wird.

ooooo

301 Führe keinen Menschen in Versuchung, damit du ihr nicht erliegest.

ooooo

302 Hüte dich davor, auf eine Revanche zu hoffen, denn wenn diese schlecht ausgeht, ist alles verloren.

ooooo

303 Gelegenheiten soll man nie auslassen, denn sie lassen sich kaum einmal wiedergewinnen.

ooooo

304 Es ist gut, ein Fieber zu heilen, besser, es zu verhindern. Das erste zeigt mehr Kunst, das zweite mehr Weisheit.

ooooo

305 Verlasse dich nie auf Geschicklichkeit bei der Entscheidung schwieriger oder riskanter Fälle.

ooooo

306 Lehne es nicht ab, dass man dir etwas mitteilt, denn dies zeigte Stolz oder Dummheit.

ooooo

307 Bescheidenheit und Wissen in dürftiger Kleidung sind Stolz und Ignoranz in teurer Gala überlegen.

ooooo

308 Verachte nicht, was du nicht verstehst, und bekämpfe es nicht.

ooooo

309 AUSGEWOGENHEIT. Wir sollten uns eine bestimmte Sache nicht über ihren Wert hinaus angelegen sein lassen, noch über die Vernunft hinaus an dem festhalten, was uns vernünftig erscheint.

ooooo

310 Es ist ein allzu verbreiteter Irrtum, die Ordnung der Dinge umzukehren, indem man ein Mittel aus einem Zweck macht und einen Zweck aus einem Mittel.

ooooo

311 Religion und Staat sind dieser Konfusion nicht enthoben; die erste wird allzu oft zu einem Mittel gemacht anstatt einem Zweck, der zweite zu einem Zweck anstatt einem Mittel.

ooooo

312 So suchen die Menschen Reichtum anstatt eines Auskommens, und der Zweck der Kleider ist der geringste Grund für ihren Gebrauch. Noch ist die Stillung unseres Hungers unser Ziel beim Essen, sondern der Kitzel unseres Gaumens. Ähnliches könnte man zur Architektur, zum Mobiliar etc. sagen, wenn der Mensch nicht über das Tier herrscht und der Appetit sich nicht der Vernunft beugt.

ooooo

313 Es ist große Weisheit, unsere Wertschätzung der Natur des jeweiligen Dinges entsprechen zu lassen; denn so werden die Dinge einerseits nicht unterschätzt, und wiederum werden sie uns auch nicht über ihren eigentlichen Wert hinaus beschäftigen.

ooooo

314 Wenn wir es zulassen, dass kleine Dinge große Macht über uns haben, dann sind wir am Ende so bewegt ihretwegen, als hätten sie dies verdient.

ooooo

315 Ein altes Sprichwort sagt: *maxima bella ex levissimis causis*, die größten Kriege haben die geringsten Ursachen.

ooooo

316 Es ist gleichgültig, was der Gegenstand eines Disputs ist, es kommt darauf an, welchen Raum wir ihm in unserem Geiste zumessen. Denn das bedingt unsere Anteilnahme und unsere Ungehaltenheit.

ooooo

317 Es ist einer der fatalsten Irrtümer unseres Lebens, wenn wir eine gute Sache verderben, indem wir sie übel anfassen; und es ist nicht unmöglich, dass wir in einem bösen Geschäft es gut meinen, doch ist das keine Entschuldigung.

ooooo

318 Wenn wir nur sicher sind, dass das Ziel recht ist, neigen wir allzu oft dazu, über alle Schranken hinweg zu galoppieren, um es zu erlangen; wir vergessen

dann, dass rechtmäßige Ziele auf höchst unrechtmäßige Weise erreicht werden können.

ooooo

319 Lasst uns Sorge tragen, gerechte Wege zu wählen, um gerechte Dinge zu erlangen, auf dass diese uns auf Dauer zum Nutzen gereichen.

ooooo

320 Manche Leute haben einen wirren und unruhigen Charakter, der sie dort nicht nachfolgen lässt, wo sie nicht Anführer sein dürfen; lieber soll dann etwas gar nicht geschehen, wenn es nicht auf ihre Art und Weise geschehen mag, und sei es noch so wünschenswert.

ooooo

321 Dies kommt daher, dass wir allzu viel an uns selbst denken, und zeigt, dass uns mehr an Lob und Ehre gelegen ist denn am Erfolg dessen, was uns als gute Sache erscheint.

ooooo

322 **POPULARITÄT.** Achte darauf, dich nicht sehen zu lassen, und die Leute werden deine Schwäche weniger sehen.

ooooo

323 Die mehr von sich hermachen, als sie wirklich sind, wecken Erwartungen, die sie nicht einlösen können, und verlieren so den guten Ruf, sobald man ihnen dahinterkommt.

ooooo

324 Meide die Popularität. Sie hat viele Fallstricke, keinen wirklichen Nutzen für dich, für andere Ungewissheit.

ooooo

325 **PRIVATHEIT**. Gedenke des Sprichworts: *bene qui latuit, bene vixit*, die sind glücklich, die zurückgezogen leben.

ooooo

326 Wenn dies wahr ist, so sind Fürsten und ihre hohen Herren unter allen Menschen die Unglücklichsten, denn sie leben am wenigsten alleine; und sie, deren Anblick von allen genossen werden muss, können nie ihr Leben genießen, wie sie's sollten.

ooooo

327 Das ist der Vorzug, den kleine Leute ihnen voraushaben; die können privat leben und haben Muße für die Behaglichkeiten der Familie, welche die größten weltlichen Freuden sind, so Menschen genießen können.

ooooo

328 Doch die ihre Freude in der Größe sehen, die suchen sie dort: Und wir erkennen, dass Herrschaft der Ehrgeiz mancher Naturen ist, wie Privatheit die Wahl anderer.

∞∞∞

329 **STAAT.** Der Staat hat viele Formen, doch findet sich in allen die Souveränität, wenn auch nicht überall die Freiheit.

∞∞∞

330 *Rex et tyrannus* sind zwei scharf unterschiedene Figuren: Der eine regiert sein Volk mit Gesetzen, denen es zustimmt, der andere mit absoluter Willkür und Macht. Jenes nennt man Freiheit, dieses Tyrannei.

∞∞∞

331 Ersteres wird bedroht durch die Ambitionen der Bevölkerung, welche die Verfassung erschüttern, letzteres durch eine schlimme Regierungsführung, welche den Tyrannen und seine Familie in Gefahr bringt.

∞∞∞

332 Es ist bei Fürsten beider Art sehr weise, bei Konflikten mit dem Volk nicht zu unerbittlich zu sein; denn ob das Volk nun ein Recht auf Opposition hat oder nicht, es wird stets den Versuch dazu unterneh-

men, wenn die Dinge allzu schlecht gehen; obwohl dann oft die Kur schlimmer ist als die Krankheit.

333 Glücklich der König, dessen Größe die Gerechtigkeit ist, und das Volk, das durch Gehorsam frei ist.

334 Wenn der Herrscher gerecht ist, mag er auch streng sein; andernfalls steht es zwei zu eins, dass sich die Dinge wider ihn kehren, und wenn er auch obsiegt, kann er kein Gewinner sein, wo sein Volk der Verlierer ist.

335 Fürsten dürfen bei den Regierungsgeschäften keine Leidenschaften haben, noch Feindseligkeit für irgendjemanden über Staatsangelegenheiten und Religionsfragen hinaus.

336 Wo die Autorität stets durch das gute Beispiel gedeckt ist, wird man der Macht fast immer gehorchen, und die Beamten werden geehrt.

337 Man lasse das Volk denken, dass es regiert, und es lässt sich regieren.

ooooo

338 Dies kann nicht versagen, wenn diejenigen, denen man vertraut, Vertrauen verdienen.

ooooo

339 Der Fürst, der in großen Dingen dem Volk gegenüber gerecht ist und es versteht, ihm oft in kleinen zu Gefallen zu sein, wird gewiss sein Volk auf der weiten Welt für sich behalten.

ooooo

340 Denn das Volk ist das politische Weib des Fürsten, das man besser durch Weisheit lenkt als durch Gewalt beherrscht.

ooooo

341 Wo aber der Beamte parteiisch ist und arge Dinge treibt, verliert er seine Autorität bei dem Volke und gibt der Bevölkerung Gelegenheit, ihren Ehrgeiz zu befriedigen, und legt so seinem Volk einen Stolperstein in den Weg.

ooooo

342 Es ist wahr, dass dort, wo ein Untertan populärer ist als der Fürst, dieser in Gefahr ist. Doch es ist

ebenso wahr, dass dies seine eigene Schuld ist: Denn keiner hat wie er die Mittel, das Interesse und den guten Grund, populär zu sein.

ooooo

343 Die Neigung mancher Fürsten, lieber gefürchtet als geliebt zu werden, ist unerklärlich, da sie doch sehen, dass die Furcht den Fürsten nicht häufiger vor der Unzufriedenheit seines Volkes bewahrt, als dass die Liebe einem solchen Fürsten einen Untertanen zuführt.

ooooo

344 Gewiss führt Dienstbarkeit aus Neigung meist weiter als Gehorsam durch Zwang.

ooooo

345 Die Römer hatten davon einen angemessenen Begriff, indem sie bei ihren berühmtesten Heerführern und Caesaren *optimus* vor *maximus* setzten.

ooooo

346 Außerdem lehrt uns die Erfahrung, dass die Güte in der Seele eine edlere Leidenschaft erweckt und einen besseren Sinn für die Pflicht schafft als die Strenge.

ooooo

347 Was bekam der Pharao, als er das Arbeitssoll der Israeliten erhöhte? Am Ende den eigenen Untergang.

ooooo

348 Könige sollten vor allem in diesem Gott nacheifern: dass ihre Gnade über all ihren Taten sei.

ooooo

349 Der Unterschied zwischen dem Fürsten und dem Bauern besteht in dieser Welt: Doch sollte der, der hier den Vorteil hat, sein Temperament regeln, denn in der nächsten kommt das Urteil.

ooooo

350 Der Zweck von allem sollte die Mittel bestimmen: Da der des Staates das Wohl aller ist, sollte nichts Geringeres das Ziel des Fürsten sein.

ooooo

351 Wann immer die Herrscher gerechte Ziele mit gerechten Mitteln verfolgen, können sie einer ruhigen und sicheren Regierung gewiss sein; und ebenso gewiss der Unruhen, wenn der Natur der Dinge Gewalt angetan wird und ihre Ordnung verletzt.

ooooo

352 Man muss gewiss den Fürsten viele Fehler der Regierung nachsehen, denn sie schauen mit den Augen anderer Menschen und hören mit deren Ohren. Doch haben ihre Minister, ihre unmittelbaren Vertrauten und Werkzeuge viel zu verantworten, wenn sie zur Befriedigung privater Leidenschaften den Fürsten verleiten, öffentliches Unrecht zu tun.

∞∞

353 Minister sollten ihre Ämter im Bewusstsein der damit verbundenen Gefahr übernehmen. Wenn der Fürst über ihren Kopf hinweg entscheidet, mögen sie auf das Gesetz verweisen und in aller Bescheidenheit ihr Amt niederlegen; obsiegen Angst, Gewinnsucht oder Schmeichelei, sollen sie es vor dem Gesetz verantworten.

∞∞

354 Der Fürst kann nicht erhalten werden, wenn der Minister nicht strafbar ist, denn das Volk will ebensowenig wie der Fürst *imperium in imperio** dulden.

∞∞

* einen Staat im Staat

355 Wenn die Minister schwache oder arge Menschen sind, ist es die Schuld des Fürsten, dass er sie ausgesucht hat: Doch wenn ihre Stellung sie verdirbt, ist es ihre eigene Schuld, dass sie durch das Amt verschlimmert wurden.

ooooo

356 Es ist nur gerecht, dass jene, so durch ihre Fürsten regieren, auch für ihre Fürsten leiden sollen: Denn es ist eine gewisse und notwendige Maxime, dass man die Köpfe im Staat nicht auswechseln soll, solange die Hände noch da sind, welche für jene einzustehen haben.

ooooo

357 Und doch wäre es unerträglich, ein Minister im Staate zu sein, wenn alle und jeder als Ankläger und Richter auftreten dürften.

ooooo

358 Es möge deshalb der falsche Ankläger ebensowenig einer exemplarischen Bestrafung entgehen wie der schuldige Minister.

ooooo

359 Denn es profaniert den Staat, wird der Ruf der führenden Männer vulgärer Kritik unterworfen, die oft unbegründet ist.

∞∞∞

360 Die Sicherheit eines Fürsten beruht demnach auf einem wohlausgewählten Staatsrat: Und das lässt sich nur sagen, wenn die Personen, aus denen er sich zusammensetzt, für die Geschäfte qualifiziert sind, die man ihnen vorlegt.

∞∞∞

361 Wer würde denn einen Schneider anstellen, damit er ein Türschloss macht, oder einen Schmied einen Anzug anfertigen lassen

∞∞∞

362 So sollen Kaufleute für den Handel da sein, Seefahrer für die Admiralität, Weitgereiste für auswärtige Angelegenheiten, einige der führenden Männer im Lande für die Geschäfte des Inneren und Staats- und Ziviljuristen, um zu raten, was Recht und Gesetz ist, und immer die strikten Regeln der Legalität einzuhalten.

∞∞∞

363 Drei Dinge tragen viel dazu bei, eine Regierung zu ruinieren: Zu große Lockerheit, Unterdrückung und Neid.

ooooo

364 Wo die Zügel des Staates zu schlaff geführt werden, verfallen die Sitten des Volkes; das zerstört die Industrie, heckt weibisches Wesen und ruft den Unmut des Himmels herab.

ooooo

365 Unterdrückung macht ein armes Land und ein verzweifeltes Volk, das immerfort auf eine Gelegenheit zum Wechsel wartet.

ooooo

366 Wer über Menschen herrscht, muss gerecht sein und herrschen in der Furcht Gottes, sprach ein alter und weiser König.

ooooo

367 Neid stört den Staat und lenkt vom Ziele ab, lässt die Räder stocken und verwirrt die Regierung: Und nichts trägt mehr zu solcher Unordnung bei denn ein Souverän, der Belohnungen und Strafen parteiisch vergibt.

ooooo

368 Da es nicht vernünftig ist, dass die Menschen zum Dienst gezwungen werden sollten, sollte es wiederum jenen, die eine Stellung haben, nicht gestattet sein, sie aus bloßer Laune aufzugeben.

∞∞∞

369 Wo der Staat sich nicht wider einen Menschen stellt, sollte dieser nicht dem Staat die Stirn bieten.

∞∞∞

370 **PRIVATLEBEN.** Ein Privatleben ist vorzuziehen; Ehre und Gewinn öffentlicher Stellungen stehen in keinem Verhältnis zu seinem Behagen. Das eine ist frei und ruhig, die anderen knechtisch und geräuschvoll.

∞∞∞

371 Das war eine große Antwort, welche die Sunamitin gab*: Ich wohne unter meinem Volk.

∞∞∞

* Im Alten Testament (2. Könige 4,8–37) erweist eine reiche Frau aus Sunem dem durchreisenden Propheten Elischa (oder Elisa) selbstlose Gastfreundschaft. Als der dankbare Prophet sich daraufhin beim König von Israel für die Sunamitin verwenden will und ihr Geschenke anbietet, wehrt sie dies mit ihrer angeführten schlichten Antwort so entschieden wie bescheiden ab.

372 Die da aus Eigenem leben, müssen nicht die Livree der Öffentlichkeit tragen noch steht ihnen oft der Sinn danach.

ꝏꝏ

373 Ihr Auskommen währt nicht nur so lange wie die Gutgelauntheit eines Vorgesetzten, und sie haben keine Herren, denen sie schmeicheln oder aufwarten müssen.

ꝏꝏ

374 Werden sie nicht befördert, so fallen sie auch nicht in Ungnade. Und wie sie das Lächeln der Majestät nicht kennen, so kennen sie auch nicht das Stirnrunzeln der Großen und die Folgen des Neides.

ꝏꝏ

375 Fehlen ihnen die Freuden eines Hofes, entrinnen sie doch seinen Versuchungen.

ꝏꝏ

376 Privatleute sind also so sehr ihre eigenen Herren, dass sie nach Bezahlung allgemeiner Steuern und Abgaben Souveräne über ihr ganzes sonstiges Leben sind.

ꝏꝏ

377 **ÖFFENTLICHES LEBEN.** Und doch muss man der Öffentlichkeit dienen, und sie besteht auch darauf; und die das gut verrichten, verdienen öffentliche Zeichen der Ehre und des Vorteils.

ooooo

378 Damit dies geschehe, muss einer einen öffentlichen Geist haben, nicht nur ein öffentliches Gehalt; ansonsten wird er private Ziele auf öffentliche Kosten verfolgen.

ooooo

379 Staaten können nie gut verwaltet werden, wenn nicht diejenigen, denen Ämter anvertraut sind, sich ein Gewissen daraus machen, pflichtbewusst zu arbeiten.

ooooo

380 **QUALIFIKATIONEN.** Fünf Dinge braucht es für einen guten Beamten: Geschick, saubere Hände, rasches Handeln, Geduld und Unparteilichkeit.

ooooo

381 **FÄHIGKEIT.** Wer seinen Dienst nicht versteht, der muss dafür, was immer er sonst vermag, ungeeignet sein; und die Öffentlichkeit leidet unter seiner Inkompetenz.

ooooo

382 Wer fähig ist, sollte auch gerecht sein, sonst kann der Staat durch seine Fähigkeit leiden.

ooooo

383 **SAUBERE HÄNDE.** Begehrlichkeit führt solche Menschen dazu, die Öffentlichkeit um des Profits willen zu prostituieren.

ooooo

384 Das Annehmen einer Bestechungssumme oder eines Dankesgeschenks sollte ebenso streng bestraft werden wie Betrug am Staate.

ooooo

385 Mögen diese Männer ein ausreichendes Salär bekommen; wenn sie dieses überschreiten, haben sie sich selbst in Gefahr gebracht.

ooooo

386 Es ist eine Schande für eine Regierung, wenn ihre Beamten von Wohltaten leben; ebenso sollte es eine Infamie für die Beamten sein, die Öffentlichkeit zu verunehren, indem sie sich zweimal für denselben Dienst bezahlen lassen.

ooooo

387 Sich aber bezahlen lassen und die Geschäfte nicht verrichten, das ist reine Unterdrückung.

ooooo

388 **RASCHES HANDELN.** Dies ist eine gute und große Eigenschaft bei einem Beamten, wenn sie aus Pflichtgefühl kommt und nicht aus Berechnung. Doch machen zu viele hieraus ihren privaten Markt zur Aufstockung ihrer Gehälter. Dann ist das Gehalt fürs Tätigwerden und das Bestechungsgeld für die Raschheit, als ließe sich ein Geschäft zuerst regeln und dann rasch abhandeln, oder als sollten sie auf zweierlei Weise bezahlt werden, teils von der Regierung und teils von einer Partei.

ooooo

389 Rasche Tätigkeit ist ebenso die Pflicht eines Beamten wie das Tätigwerden schlechthin; es trägt viel zur Ehre der Regierung bei, welcher er dient.

ooooo

390 Aufschübe haben schon größeren Schaden angerichtet als offene Ungerechtigkeit.

ooooo

391 Sie lassen oft diejenigen verhungern, die man nicht glatt anzuweisen wagt.

ooooo

392 Selbst der Gewinner wird zum Verlierer, denn er bezahlt zweifach für das, was ihm gehört; wie jene, die ein Anwesen kaufen, auf dem schon eine Hypothek zum vollen Werte lastet.

ooooo

393 Unser Recht sagt sehr richtig: Die Gerechtigkeit aufzuhalten ist Ungerechtigkeit.

ooooo

394 Ein Recht nicht zu haben und es nicht erlangen zu können, macht keinen großen Unterschied.

ooooo

395 Ablehnung oder rasche Behandlung, das ist Pflicht und Weisheit des guten Beamten.

ooooo

396 **GEDULD.** Geduld ist überall eine Tugend, doch entfaltet sie ihren größten Glanz unter den Männern des Staates.

ooooo

397 Manche sind so stolz oder so reizbar, dass sie gar nicht hören wollen, was sie bessern sollten.

ooooo

398 Andere so schwach, dass sie unter der Last ihres Amtes sinken oder zerplatzen, obwohl sie mit dem Gehalt leichtfüßig davonlaufen.

ooooo

399 Geschäfte lassen sich nie gut abwickeln, wenn sie nicht gut verstanden werden: was unmöglich ist ohne Geduld.

ooooo

400 Es ist wahrhaftig grausam, den Unglücklichen eine Anhörung zu verweigern, denen wir helfen müssten: Doch es ist die Höhe der Unterdrückung, die bescheidenen und demütigen Armen hochmütig

abfahren zu lassen, wenn sie um Erleichterung einkommen.

ooooo

401 Manche, das ist wahr, sind in ihren Wünschen und Hoffnungen unvernünftig: Dann aber sollten wir sie belehren und nicht beschimpfen und fortweisen.

ooooo

402 Es ist deshalb das beeindruckendste Beispiel seiner Weisheit, das ein Mann in Geschäften geben kann, wenn er unter den Impertinenzen und Widersprüchen geduldig bleibt, die jene mit sich bringen.

ooooo

403 Mit methodischem Vorgehen lässt sich in Geschäften viel Mühsal vermeiden, denn es macht die Aufgabe leicht, hindert Verwirrung, spart reichlich Zeit und instruiert diejenigen, welche laufende Geschäfte haben, was man tun muss und hoffen darf.

ooooo

404 UNPARTEILICHKEIT. Obwohl zuletzt aufgeführt, ist die Unparteilichkeit nicht die geringste Eigenschaft eines guten Beamten.

ooooo

405 Die Heilige Schrift warnt davor, beim Urteilen den Geringen vorzuziehen, und wie viel mehr gilt das für den Reichen.

∞∞∞

406 Wenn unser Mitleid uns nicht beeinflussen darf, dann noch weniger unsere Furcht, unser Nutzen oder unser Vorurteil.

∞∞∞

407 Mit Recht stellt man die Gerechtigkeit blind dar, denn sie sieht keine Unterschiede in den Parteien.

∞∞∞

408 Sie hat für Reich und Arm, Hoch und Niedrig nur eine Waage und ein Gewicht.

∞∞∞

409 Ihr Spruch geht nicht auf die Person, sondern auf die Sache.

∞∞∞

410 Der unparteiische Richter kennt auf seinem Stuhl nichts als das Gesetz – kennt den Fürsten nicht besser als den Bauern, seinen Verwandten nicht näher als einen Fremden. Ja, sein Feind kann sicher sein, soviel zu gelten wie sein Freund, wenn er zu Gericht sitzt.

∞∞∞

411 Unparteilichkeit ist das Leben der Rechtsprechung wie der Regierung.

ooooo

412 Sie ist nicht lediglich ein Nutzen für den Staat, denn auch private Familien können ohne sie nicht in guter Ruhe existieren.

ooooo

413 Eltern, die ein Kind dem anderen vorziehen, finden keinen Gehorsam, und parteilichen Dienstherren geht es nicht besser mit ihren Bediensteten.

ooooo

414 Parteilichkeit geht immer umwegig vor, wenn nicht unehrlich: Denn sie zeigt da eine Tendenz, wo die bloße Vernunft hingereicht hätte: wenn sie nicht gar eine Verletzung darstellt, welche das Recht überall verbietet.

ooooo

415 Da sie ohne Vernunft ihre Lieblinge wählt, gebraucht sie auch bei der Beurteilung von Handlungen die Vernunft nicht: Und bestätigt das Sprichwort, dass die Krähe den eigenen Vogel am schönsten findet.

ooooo

416 Manche sehen bei dem einen das nicht als Fehler, was sie bei einem anderen für ein Verbrechen halten.

ooooo

417 Ja, wie hässlich schauen uns bei anderen Personen die eigenen Vergehen an, die wir bei uns selbst gar nicht bemerken.

ooooo

418 Und es ist nur allzu gewöhnlich bei manchen Leuten, dass sie die eigenen Maximen und Prinzipien nicht im Munde anderer Leute wiedererkennen, wenn sie selbst Anlass gegeben haben, dass man diese Worte anführt.

ooooo

419 Parteilichkeit verdirbt unser Urteil über Personen und Dinge, über uns selbst und andere.

ooooo

420 Sie trägt mehr als alles andere bei zur Cliquenwirtschaft im Staat und zu Streitigkeiten in den Familien.

ooooo

421 Sie ist eine zügellose Leidenschaft, die kaum einmal stockt, ehe sie nicht ausgehungert wird und die Enttäuschung ihr eine Grenze setzt.

ooooo

422 Und doch können wir andererseits auch allzu gleichgültig sein.

ooooo

423 **GLEICHGÜLTIGKEIT.** Gleichgültig zu sein ist gut beim Urteil, aber schlecht in unseren Beziehungen und ganz und gar nichtig in der Religion.

ooooo

424 Und selbst beim Urteilen muß unsere Gleichgültigkeit sich auf die Personen beziehen, nicht auf die Argumente, denn einer hat in der Sache notwendigerweise Recht.

ooooo

425 **NEUTRALITÄT.** Die Neutralität ist etwas anderes als die Gleichgültigkeit, und dieser doch verwandt.

ooooo

426 Ein Richter sollte gleichgültig sein, und kann doch nicht als neutral bezeichnet werden.

ooooo

427 Das eine heißt, gleiches Urteil zu sprechen, das andere, sich gar nicht einzumischen.

ooooo

428 Und wo dies rechtmäßig ist, ist Neutralität gewiss am besten.

ooooo

429 Wer sich Parteien anschließt, kann sich kaum mehr von ihrem Schicksal lösen; und es gehen mehr mit ihrer Partei unter als mit ihr aufsteigen.

ooooo

430 Ein weiser Neutraler schließt sich keiner Seite an, sondern gebraucht beide, wie sein ehrenhaftes Interesse es ihm rät.

ooooo

431 Nur ein Neutraler hat den Manövrierraum, ein Friedensstifter zu sein: Denn da er keiner Seite angehört, hat er die Mittel, eine Aussöhnung beider herbeizuführen.

ooooo

432 **PARTEI.** Doch wenn das Recht oder die Religion ihren Ruf ergehen lassen, muss der, so neutral bleibt, ein Feigling oder Heuchler sein.

ooooo

433 In solchen Fällen sollten wir nicht zögern und nicht in die Irre gehen.

ooooo

434 Wenn unser Recht oder unsere Religion in Frage stehen, dann ist der beste Zeitpunkt, uns zu ihnen zu bekennen.

ooooo

435 Auch müssen wir nicht stets neutral bleiben, wenn es um unseren Nachbarn geht; denn es ist zwar ein Fehler, sich töricht einzumischen, doch eine Pflicht, zu helfen.

ooooo

436 Wir sind aufgerufen, Gutes zu tun, so oft wir die Macht und die Gelegenheit dazu haben.

ooooo

437 Wenn die Heiden sagen konnten: Wir sind nicht für uns selbst geboren, dann sollten gewiss Christen dies praktizieren.

ooooo

438 Das Beispiel ebenso wie die Lehre dessen, nach dem sie sich nennen, weist sie an, so zu handeln.

ooooo

439 **OSTENTATION.** Tu dein Gutes, wenn du kannst, unbemerkt, und sei nicht eitel wegen etwas, was man eher fühlen als sehen sollte.

ooooo

440 Die Demütigen im Gleichnis vom Jüngsten Gericht hatten ihre eigenen guten Werke vergessen – »Herr, wann haben wir denn dieses und jenes getan?«*

ooooo

441 Wer das Gute tut um des Guten willen, sucht weder Lob noch Lohn, wenn er sich auch beider am Ende sicher sein darf.

ooooo

442 **VOLLKOMMENE TUGEND.** Sei nicht selbstzufrieden, dass du allgemein tugendhaft seiest: Denn wenn ein Glied fehlt, ist die Kette mangelhaft.

ooooo

* Im Matthäusevangelium verkündet Jesus von Nazareth in seiner Beschreibung des Weltgerichts den Gerechten das ewige Leben, weil sie ihm, dem Christus, vielfach geholfen haben. Auf die Frage, wann ihm diese Hilfe denn geleistet worden sei, antwortet er ihnen: »Was ihr für einen meiner geringsten Brüder getan habt, das habt ihr mir getan« (Matthäus 25:40).

443 Vielleicht bist du eher unschuldig als tugendhaft und schuldest deiner Konstitution mehr als deiner Religion.

ooooo

444 Unschuldig heißt, nicht schuldig zu sein, doch tugendhaft bedeutet, unsere bösen Neigungen zu überwinden.

ooooo

445 Wenn du dich selbst nicht in dem Punkt bezwungen hast, wo deine eigene besondere Schwäche liegt, kannst du keinen Anspruch auf Tugend erheben, auch wenn du frei bist von den Schwächen anderer.

ooooo

446 Wenn ein besitzgieriger Mann auf die Verschwendung schimpft, ein Atheist auf den Götzendienst, ein Tyrann auf die Rebellion oder aber ein Lügner auf die Falschheiten und ein Trinker auf die Unmäßigkeit, dann heißt, wie das Sprichwort sagt, der Topf den Kessel schwarz.

ooooo

447 Solche Vorwürfe dürften nur geringen Erfolg haben, da sie allzu wenig Autorität besitzen.

ooooo

448 Wenn du deine Schwäche bezwingen willst, darfst du sie niemals befriedigen.

ooooo

449 Kein Mensch wird zum Bösen gezwungen, seine Einwilligung erst macht es zu dem Seinen.

ooooo

450 Es ist keine Sünde, in Versuchung zu sein, jedoch sündhaft, ihr nachzugeben.

ooooo

451 Welcher Mensch bei klarem Verstand würde an seinem eigenen Schaden arbeiten? Die Menschen sind wie außer sich, wenn sie die Schranken ihrer Überzeugung niederreißen.

ooooo

452 Wenn du nicht sündigen willst, dann begehre nicht, und willst du nicht Lüsternheit empfinden, gib dich nicht der Versuchung hin; nein, sieh sie nicht an und denke nicht an sie.

ooooo

453 Du würdest dir gar viele Mühe geben, deinen Körper zu retten: Gib dir, ich bitte dich, auch welche zur Rettung deiner Seele.

ooooo

454 **RELIGION.** Religion ist die Furcht Gottes, und ihre äußere Form sind die guten Werke; und der Glaube ist die Wurzel beider: Denn ohne Glauben können wir Gott nicht gefallen, noch können wir fürchten, woran wir nicht glauben.

ooooo

455 Die Teufel glauben auch, und sie wissen gar Vieles: Doch liegt darin der Unterschied, dass ihr Glaube nicht durch die Liebe kommt und ihr Wissen nicht durch den Gehorsam, und daher nützt ihnen beides nichts. Und wenn es um uns auch so steht, dann gehören wir ihrer Kirche an und nicht der Kirche Christi: Denn wie das Oberhaupt ist, muss auch der Körper sein.

ooooo

456 Er war heilig, demütig, harmlos, sanft, gnadenvoll etc., als Er unter uns war; um uns zu lehren, was wir sein sollten, wenn Er uns verlassen hatte: Und doch ist Er noch unter uns und in uns auch, ein lebendiger

und fortwährender Prediger derselben Gnade, durch Seinen Geist in unseren Gewissen.

ooooo

457 Ein Geistlicher, der das Evangelium verkündet, sollte von der Machart Christi sein, wenn er als ein Geistlicher des Herrn durchgehen will.

ooooo

458 Und wenn er von Christi Machart ist, dann weiß er und handelt er ebenso, wie er glaubt.

ooooo

459 Der Geistliche, dessen Leben nicht ein Bild seiner Lehre ist, ist ein Schwätzer eher denn ein Priester, ein Quacksalber eher denn ein guter Arzt.

ooooo

460 In alter Zeit wurden sie zu Geistlichen des Heiligen Geistes gemacht. Und je mehr dies auch heute ein Bestandteil ist, desto besser sind sie geeignet für ihre Arbeit.

ooooo

461 Bei laufenden Wassern muss man nicht so sehr eine Fäulnis befürchten, ebenso bei wandernden

Predigern im Gegensatz zu niedergelassenen: Doch sollen sie nicht laufen, ehe man sie ausschickt.

ooooo

462 Wie sie großzügig von Christo empfangen, so reichen sie dar.

ooooo

463 Sie werden das nicht zu einem Erwerb machen, von dem ihnen bewusst ist, dass es, befragt man das Gewissen, keiner sein sollte.

ooooo

464 Doch muss man sich nicht um die Pfründe derer sorgen, die nicht von ihr leben wollen.

ooooo

465 Dem demütigen und wahrhaften Lehrer widerfährt mehr, als er erwartet.

ooooo

466 Ihm gilt Zufriedenheit mit Gottgefälligkeit ein großer Gewinn, und deshalb sucht er nicht aus der Gottgefälligkeit Gewinn zu ziehen.

ooooo

467 Wie die Geistlichen des Herrn durch Ihn gemacht werden und sind wie Er, so bringen sie Menschen nach demselben Bilde hervor.

∞∞∞

468 Wie Christus zu sein, eben das also heißt ein Christ sein. Und Erneuerung in Ihm ist der einzige Weg ins Königreich Gottes, um das wir beten.

∞∞∞

469 Lasset uns also heute Seine Stimme hören und unsere Herzen nicht verhärten; er spricht zu uns auf vielerlei Art. In den Schriften, in unseren Herzen, durch seine Diener und Fügungen; und die Summe von alledem ist Heiligkeit und Liebe.

∞∞∞

470 St. Jakob gibt einen kurzen Aufriss dieser Materie, doch von weitreichender Fülle: Ein reiner und unbefleckter Gottesdienst vor dem Herren bestehet darin, dass man die Waisen und Witwen in ihrer Trübsal besucht, und sich von der Welt unbefleckt erhält.

∞∞∞

471 Wer dies wahrhaftig zu seinem Ziele macht, wird finden, dass er es erlangt; und damit den Frieden, der einem so vorzüglichen Zustand folget.

ooooo

472 Vergnüge dich deshalb nicht mit den zahlreichen Meinungen der Welt noch schätze dich groß wegen Orthodoxie des Wortes, Philosophie oder Geschick in Sprachen oder Kenntnis der Kirchenväter (allzusehr das Geschäft und die Eitelkeit der Welt); sondern sei darin glücklich, dass du Gott erkennest, welcher der Herr ist und Liebe und Urteil und Rechtlichkeit auf Erden übt.

ooooo

473 Öffentlicher Gottesdienst ist sehr anzuraten, wenn gut durchgeführt. Wir schulden ihn Gott und dem guten Beispiel. Doch müssen wir wissen, dass Gott an keinen Ort und keine Zeit gebunden ist, der ja überall und gleichzeitig ist: Und dieses sollen wir wissen, soweit wir dessen fähig sind, dass unser Begehren, wo wir auch seien, mit ihm sein solle.

ooooo

474 Den Gottesdienst beschränken die Menschen im allgemeinen auf das öffentliche und private Ritual der Anbetung Gottes: und das, je häufiger sie diese wie-

derholen, in der Hoffnung, von Gott angenommen zu werden.

∞∞∞

475 Doch wenn wir bedenken, dass Gott ein unendlicher Geist ist und als solcher allüberall; und dass unser Erlöser uns gelehrt hat, er wolle im Geist und in der Wahrheit angebetet werden, dann sehen wir, wie kurz eine solche Vorstellung greift.

∞∞∞

476 Denn Gott zu dienen, das betrifft die Verfassung selbst unseres Geistes, im gesamten Verlauf unseres Lebens; bei jeglicher Gelegenheit, die wir haben, unsere Liebe zu seinem Gesetz zu erzeigen.

∞∞∞

477 Denn wie Männer auf einem Schlachtfeld ständig dem Beschuss ausgesetzt sind, so sind wir in dieser Welt stets in Reichweite der Versuchung: Und darin dienen wir Gott, dass wir meiden, was uns verboten ist, so wie wir tun, was uns befohlen.

∞∞∞

478 Man dient Gott besser als mit vielen förmlichen Gebeten, flieht man eine Versuchung.

∞∞∞

479 Jenes geschieht nur zwei- oder dreimal am Tage, dieses jeden Augenblick und jede Stunde. Um so vieles mehr ist unsere ständige Wachsamkeit denn unser Gebet des Morgens und des Abends.

ooooo

480 Willst du also Gott dienen? Tue das nicht alleine, wobei du nicht von einem anderen gesehen werden wolltest.

ooooo

481 Führe Gottes Namen nicht vergeblich oder sei deinen Eltern ungehorsam oder tue deinem Nachbarn Unrecht oder begehe Ehebruch, nicht einmal in deinem Herzen.

ooooo

482 Noch sei du eitel, lüstern, stolz, trunken, rachsüchtig oder zornig; noch lüge du, setze herab, zanke, übervorteile den Nächsten, unterdrücke, täusche oder verrate ihn, sondern sei kräftig auf der Hut gegen alle Versuchungen zu diesen Dingen, im Wissen, dass Gott gegenwärtig ist, der Aufseher all deines Tuns und innersten Denkens und der Rächer seines eigenen Gesetzes an den Ungehorsamen, und so wirst du Gott derart dienen, dass er es annimmt.

ooooo

483 Ist es nicht Vernunft, soweit wir den Dank derer erwarten, denen wir uns großzügig erwiesen haben, dass wir ehrfurchtsvoll den unseren Ihm abstatten, der unser herrlichster und beständigster Wohltäter ist?

ooooo

484 Die Welt stellt einen großen und prächtigen Palast dar, die Menschheit die große Familie darinnen und Gott den mächtigen Herrn und Meister daselbst.

ooooo

485 Wir sind uns alle bewusst, was für ein stattlicher Sitz die Welt ist; die Himmel geschmückt mit so vielen glorreichen Lichtern; und die Erde mit Hainen, Ebenen, Tälern, Bergen, Quellen, Teichen, Seen und Flüssen; und die verschiedensten Früchte und Geschöpfe zur Nahrung, zum Vergnügen und zum Nutzen. Kurz, was für ein nobles Haus Er hält, und die Fülle, die Abwechslung und Vorzüglichkeit Seiner Tafel; die Anweisungen, Wechsel und Angemessenheiten, die er jeder Jahreszeit und jedem Ding gegeben hat. Doch müssen wir uns auch bewusst sein oder sollten es jedenfalls, was wir für achtlose und müßige Diener sind, und wie knapp und unverhältnismäßig unser Dienst ist Seiner Fülle und Güte gegenüber; wie langmütig Er uns erträgt und wie oft Er uns Auf-

schub gewährt und vergibt; Er, der trotz unserem Wortbruch und unseren wiederholten Nachlässigkeiten sich nicht erzürnt hat, das Haus aufzulassen und uns fortzuschicken, dass wir für uns selber mögen sorgen. Sollte nicht diese große Güte in uns das Bewusstsein unserer Pflichtvergessenheit hervorrufen und den Entschluss, unsere Wege zu ändern und unsere Sitten zu bessern; dass wir in Zukunft würdigere Gäste wären, an der großen und guten Tafel unseres Herrn und Meisters zu kommunizieren? Insbesondere, da wir, so gewiss wir Sein Missfallen verdienen, es auch gewisslich fühlen werden, wenn wir fortfahren, unnütze Diener zu sein.

ooooo

486 Doch wenn auch Gott diese Welt reichlich mit guten Dingen für das Leben und das Behagen der Menschen angefüllt hat, so sind sie doch alle unvollkommen. Er allein ist das vollkommene Gute, auf das sie alle hinweisen. Aber ach! Der Mensch kann Ihn wegen all des anderen nicht sehen, da er doch stets Ihn in allem erblicken sollte.

ooooo

487 Ich habe mich oft verwundert über das unerklärliche Wesen des Menschen, unter anderem deswegen, weil er, der doch die Veränderung so sehr liebt, so wenig hören oder nachdenken will, wenn es um das geht, was seine letzte, beste und größte Veränderung wäre, wenn er nur wollte.

ooooo

488 Da wir in unseren Körpern aus veränderlichen Elementen gemacht sind, sind wir, wie die Welt, durch Revolution entstanden und werden durch diese erhalten: Doch da unsere Seelen von anderem und edlerem Wesen sind, sollten wir unsere Ruhestatt in einer dauerhafteren Wohnung suchen.

ooooo

489 Das wahre Ziel unseres Lebens ist es, das Leben zu erkennen, das niemals endet.

ooooo

490 Wer dies zu seiner Sorge macht, wird es am Ende als seine Krone erfinden.

ooooo

491 Sonst wäre das Leben ein Elend und keine Freude, ein Urteilsspruch und kein Segen.

ooooo

492 Denn wenn man mehr denn ein Tier weiß, bereut und sich empört, mehr wünscht, hofft und fürchtet, und doch nicht über das Tierische hinaus lebt, dann macht dies einen Menschen geringer als ein Tier.

ooooo

493 Es ist der Ausgleich eines kurzen und sorgenreichen Lebens, dass Gutes Tun und Böses Erleiden den Menschen einst zu einem längeren und besseren berechtigt.

ooooo

494 Dies erweckt stets die Hoffnung des guten Menschen und bildet in ihm einen Geschmack über diese Welt hinaus.

ooooo

495 Da es sein Ziel ist, kann niemand anderes für ihn treffen.

ooooo

496 Viele gehen spekulativ damit um, doch der gute Mensch macht es zu seiner praktischen Übung.

ooooo

497 Seine Arbeit hält Schritt mit seinem Leben, so hat er nichts ungetan gelassen, wenn er stirbt.

ooooo

498 Und der, der lebt, um ewig zu leben, fürchtet das Sterben nicht.

ooooo

499 Noch kann das Mittel für ihn schrecklich sein, wenn er von Herzen an den Zweck glaubt.

ooooo

500 Denn wenn der Tod auch ein dunkler Übergang ist, führt er zur Unsterblichkeit, und das ist Lohn genug für sein Erleiden.

ooooo

501 Und der Glaube leuchtet uns selbst durch das Grab hindurch, er ist die Erweislichkeit von Dingen, die man nicht sieht.

ooooo

502 Und dies ist der Trost der Guten, dass das Grab sie nicht halten kann, und dass sie leben, sobald sie sterben.

ooooo

503 Denn der Tod ist nicht mehr als unsere Überstellung von der Zeit in die Ewigkeit.

ooooo

504 Noch kann ohne ihn eine Revolution sein; denn er setzt die Auflösung der einen Form voraus, um die Nachfolge einer anderen zu erzielen.

∞∞∞

505 Da der Tod also die Weise und die Bedingung des Lebens ist, können wir uns des Lebens nicht freuen, wenn wir es nicht ertragen, sterben zu müssen.

∞∞∞

506 So wollen wir uns nicht mit den Schalen und Hülsen der Dinge abgeben, noch die Form der Kraft vorziehen und den Schatten dem Wesen; gemalte Bilder von Brot stillen den Hunger nicht, noch gefallen bloße Bilder von Frömmigkeit Gott.

∞∞∞

507 Diese Welt ist eine Form; unsere Körper sind Formen; und keine sichtbaren Handlungen der Frömmigkeit können ohne Form sein. Doch je weniger Form bei der Religion, desto besser, weil Gott ein Geist ist; denn je geistiger unsere Verehrung Gottes, desto mehr entspricht sie Seiner Natur; je stummer, desto angemessener der Sprache eines Geistes.

∞∞∞

508 Worte sind für andere, nicht für uns selbst; noch für Gott, der nicht hört, wie Körper tun, sondern wie Geister pflegen.

509 Wenn wir diese Sprache kennen wollen, müssen wir das göttliche Prinzip in uns erlernen. So, wie wir dessen Befehle hören, so erhört uns Gott.

510 Dort mögen wir Ihn auch sehen in all seinen Attributen; wenn auch im Kleinen, doch so viel, wie wir wahrnehmen oder ertragen können; denn so, wie Er in sich selbst ist, ist Er unbegreiflich und wohnet in dem Licht, dem sich kein Auge nähern darf. Doch in seinem Bild mögen wir seine Glorie schauen, genugsam, um unsere Wahrnehmung Gottes in die Höhe zu führen und uns jene Anbetung zu lehren, die Ihm gefällt.

511 Die Menschen mögen sich in einem Labyrinth des Suchens ermüden und dabei alleweil von Gott reden; doch wenn wir Ihn wahrhaft erkennen wollen, muss das durch die Eindrücke geschehen, die wir von Ihm erhalten, und je weicher unsere Herzen sind, desto tiefer und lebensnäher prägen sich diese ein.

512 Wenn er uns seine Gerechtigkeit hat erkennen lassen durch seinen Tadel; seine Geduld durch seine Langmütigkeit; seine Gnade durch seine Vergebung; seine Heiligkeit durch die Verwandlung unserer Herzen im Heiligen Geist, dann haben wir eine gegründete Kenntnis Gottes. Dies ist Erfahrung, jenes nur Spekulation; dies ist Genuss, jenes sind Berichte Dritter. Kurz, dies ist nicht zu leugnender Beweis von den Wirklichkeiten der Religion, und hält Wind und Wetter aus.

513 Wie unser Glaube sollte auch unsere Frömmigkeit lebhaft sein. Kalter Aufschnitt taugt nicht bei diesen Mahlzeiten.

514 Eine Kohle vom Altare Gottes muss unser Feuer entzünden; und ohne Feuer, wahres Feuer, kein gottgefälliges Opfer.

515 Tue meine Lippen auf, und dann, sprach der königliche Prophet*, soll mein Mund deinen Ruhm verkündigen. Doch nicht zuvor.

∞∞∞

516 Die Vorbereitung des Herzens wie die Antwort der Zunge kommt vom Herrn: Und sie zu erlangen, müssen unsere Gebete machtvoll sein und unsere Verehrung voll Dankbarkeit.

∞∞∞

517 Lasset uns also dort den Gottesdienst begehen, wo das wärmste Gefühl für Religion zu finden ist; wo die Frömmigkeit über die Formalität hinausgeht, und die Handlungen am meisten mit den Worten übereinstimmen; und wo mindestens ebensoviel Liebe herrschet wie Eifer; denn wo wir diese Gesellschaft finden, dort finden wir die Kirche Gottes.

∞∞∞

* Im Alten Testament heißt es in einem Psalm des Königs David: »Herr, tue meine Lippen auf, dass mein Mund deinen Ruhm verkündige« (Psalm 51,15). Es ist wohl kein Zufall, dass Penn diesen Vers im Abschnitt mit der Ziffer 515 zitiert.

518 Wie die Guten, so gehören auch die bösen Menschen alle ein und derselben Kirche an, und jedermann weiß, wer deren Oberhaupt sein muss.

ooooo

519 Die demütigen, sanften, gnädigen, gerechten, frommen und hingebungsvollen Seelen sind überall von ein und derselben Religion; und hat der Tod die Masken abgenommen, erkennen sie einander, obgleich die unterschiedliche Livree, die sie hierorts tragen, sie einander zu Fremdlingen macht.

ooooo

520 Man muss die jeweilige Bildung und die persönlichen Vorlieben großzügig berücksichtigen, doch ist es bei mir eine Regel, dass jener Mensch wahrhaftig religiös ist, der das Bekenntnis, dem er angehört, wegen der Frömmigkeit liebt und nicht wegen der Zeremonie.

ooooo

521 Die ein gemeinsames Ziel haben, können sich kaum streiten, wenn sie sich begegnen. Zumindest muss ihre Sorge um die größeren Dinge den Wert und den Unterschied der kleineren zurücktreten lassen.

ooooo

522 Es ist ein trauriger Gedanke, dass viele Menschen eigentlich so gut wie gar keine Religion haben; und die meisten haben keine eigene, denn was die Religion ihrer Erziehung ist und nicht ihres eigenen Urteils, ist die Religion eines anderen und nicht die ihre.

ooooo

523 Seine Religion von einer Autorität zu haben und nicht aus Überzeugung, das ist wie eine Fingeruhr, die man beliebig vor- oder nachstellen kann, wie es dem gefällt, der sie verwahrt.

ooooo

524 Es ist eine lächerliche Sache, dass Menschen ihre Seelen riskieren, wo sie ihr Geld nicht riskieren würden; denn sie nehmen ihre Religion auf Treu und Glauben hin, würden aber keiner Synode trauen, wenn es um den Wert einer Half-Crown* ginge.

ooooo

525 Sie folgen ihrem eigenen Urteil, wo es um ihr Geld geht, was immer sie auch für ihre Seele tun.

ooooo

* Die Half-Crown war eine englische Münze zu 2½-Shilling von eher geringem Wert; sie entsprach dem Achtel eines Pfundes.

526 Doch kann sicherlich die Religion nicht die rechte sein, bei der ein Mann schlechter gestellt ist, weil er sie hat.

ꝏꝏ

527 Keine Religion ist besser als eine unnatürliche.

ꝏꝏ

528 Die Gnade vervollkommnet die Natur, doch lässt sie diese niemals versauern oder faulen.

ꝏꝏ

529 Unnatürlich in der Verteidigung der Gnade aufzutreten ist ein Widerspruch in sich.

ꝏꝏ

530 Kaum etwas sieht schlimmer drein, als wenn man die Religion mit Methoden verteidigt, die zeigen, dass sie uns nichts bedeutet.

ꝏꝏ

531 Ein frommer Mann ist eines, ein Haarspalter etwas ganz anderes.

ꝏꝏ

532 Wenn unser Geist seine rechten Grenzen überschreitet, müssen wir notwendigerweise entehren, was wir empfehlen wollen.

ooooo

533 Zornig in der Religion zu sein, heißt auf irreligiöse Weise religiös zu sein.

ooooo

534 Wenn er, der ohne Leidenschaft ist, kein Mann ist, wie kann er dann ein Christ sein?

ooooo

535 Es wäre besser, keiner Kirche anzugehören, als mit Bitterkeit für eine einzutreten.

ooooo

536 Bitterkeit kommt nahe an die Feindseligkeit, und da haben wir Beelzebub, nämlich die Vollkommenheit der Sünde.

ooooo

537 Ein guter Zweck kann nicht böse Mittel heiligen; und nie dürfen wir Böses tun, auf dass Gutes davon kommen möge.

ooooo

538 Manche meinen, sie könnten schimpfen, toben, hassen, rauben und auch töten; wenn es nur für Gott geschieht.

ooooo

539 Doch nichts in uns, was Ihm nicht gleicht, kann Ihm gefallen.

ooooo

540 Es ist ebenso anmaßend, unsere Leidenschaften auf Gottes Verrichtungen auszuschicken, wie sie mit Gottes Namen zu verhüllen.

ooooo

541 Eifer, der von der Liebe gesättigt ist, ist gut; ohne sie ist er nichts nütze, denn er verschlingt alles, dem er nahekommt.

ooooo

542 Wer andere tadeln will, muss erst über sich selbst urteilen, und er wird dann nicht so leicht über das Ziel hinausschießen.

ooooo

543 Wir sind allzusehr bereit, zu vergelten, anstatt zu vergeben oder unseren Vorteil zu erlangen durch Liebe und Mitteilung.

544 Und doch könnten wir keinen Menschen verletzen, von dem wir glauben, er liebt uns.

545 Versuchen wir also, was die Liebe vermag; denn sehen die Menschen einmal, dass wir sie lieben, werden wir bald feststellen, dass sie uns nichts Böses tun.

546 Gewalt mag unterwerfen, doch Liebe gewinnt; und wer zuerst verzeiht, bekommt den Lorbeer.

547 Wenn ich mit meinem Feinde quitt bin, ist die Schuld bezahlt; doch wenn ich sie ihm vergebe, ist er mir auf immer verbunden.

548 Die Liebe ist die schwierigste Lektion im Christentum; doch aus diesem Grunde sollten wir es uns am meisten angelegen sein lassen, sie zu lernen. *Difficilia quae pulchra.**

549 Es ist ein scharfer Tadel für uns, dass Gott uns in vielem so großzügig zusieht, und wir kennen keine Großzügigkeit im Umgang mit unseren Nachbarn: Als hätte die Nächstenliebe nichts zu tun mit der Religion, die Liebe nichts mit dem Glauben, der doch durch eben jene tätig werden sollte.

550 Ich stelle fest, dass alle möglichen Leute, wie groß auch ihre Streitigkeiten waren, sich einigen, wenn der nahende Tod sie demütig werden lässt: Dann verzeihen sie, dann lieben sie einander und beten füreinander; was uns zeigt, dass nicht unsere Vernunft, sondern die Leidenschaft die Streitereien schafft und wachhält, welche unter den Menschen regieren, wenn sie gesund und kräftig sind. Wer also in der größten

* Das Schwierige ist lieblich – Penn liefert hier eine lateinische Übersetzung des griechischen χαλεπά τά καλά aus der berühmten Sammlung von Sprichwörtern des Erasmus von Rotterdam aus dem Jahr 1508 (Adagiorum chiliades, 2.1.12).

Nähe zur Unausweichlichkeit seines Todes lebt, wird gewiss am besten leben.

ooooo

551 Glaubten wir an ein letztes Urteil und eine Abrechnung, oder dächten wir hinlänglich daran, was wir glauben, würden wir mehr Liebe in die Religion lassen, als wir's tun; Da Religion doch selbst nichts anderes ist als Liebe zu Gott und den Menschen.

ooooo

552 Wer in der Liebe bleibet, bleibet in Gott,* sagt der geliebte Jünger, und gewisslich kann kein Mensch an besserem Orte sein.

ooooo

553 Es ist wohl vernünftig, dass die Menschen jenes Gut schätzen, welches am dauerhaftesten ist. Nun wird aber das Zungenreden aufhören und die Prophetie erlöschen und der Glaube im Anblick aufgelöst und die Hoffnung im Genuss; doch die Liebe bleibt.

ooooo

* Im Neuen Testament heißt es im ersten Brief des Johannes: »Gott ist Liebe; und wer in der Liebe bleibet, der bleibet in Gott und Gott in ihm« (1. Johannes 4:16).

554 Die Liebe ist wahrlich der Himmel auf Erden, denn der Himmel droben wäre kein Himmel ohne sie; denn wo keine Liebe ist, da ist Furcht; doch die vollkommene Liebe überwindet die Furcht. Und doch fürchten wir uns naturgemäß am meisten davor, das zu kränken, was wir am meisten lieben.

ooooo

555 Was wir lieben, darauf hören wir; was wir lieben, dem vertrauen wir; und was wir lieben, dem dienen wir, ja, und leiden auch dafür. Wenn ihr mich liebt (sagt unser gesegneter Erlöser), so haltet meine Gebote*. Warum? Weil er uns dann lieben wird; weil wir dann seine Freunde sind; weil er uns dann den Tröster schickt; dann bekommen wir, worum wir bitten; und dann werden wir sein, wo er ist, und das für immer. Sehet die Früchte der Liebe; die Macht, Tugend, Wohltat und Schönheit der Liebe!

ooooo

* Im Johannesevangelium spricht Jesus zu seinen Jüngern die folgenden Worte: »Liebet ihr mich, so haltet ihr meine Gebote« (Johannes, 14:15).

556 Die Liebe ist über allem; und wenn sie in uns allen obsiegt, werden wir alle lieblich sein und verliebt in Gott und einer in den anderen.

WEITERE FRÜCHTE MEINER EINSAMKEIT,

darstellend den Zweiten Teil der Reflexionen und Maximen über die menschliche Lebensführung

Einführung an den Leser

Der Titel dieser Abhandlung zeigt, dass es schon einmal eine derselben Natur gegeben hat; und der Autor hofft, keine Gefahr zu laufen, wenn er beide der Aufmerksamkeit des Lesers empfiehlt. Er ist sich darüber im Klaren, wie geringe Wertschätzung die Werke gleichgültiger *Autoren genießen – zu einer Zeit, da kaum etwas als aktuell gilt, das nicht der verletzenden Schärfe konkurrierender Parteien schmeicheln will. Er weiß auch, dass Bücher zu einem lästigen Verlustgeschäft werden, wo sie nicht durch ihre eigene Nützlichkeit ihre Kosten decken; inwieweit ihm dies gelingen wird, das weiß er nicht, doch hält er sich für berechtigt, drei Dinge öffentlich über sein Buch zu sagen.*

Erstens, *dass der Kaufpreis gering ist und die Zeit nur kurz, die man braucht, es zu lesen.*

Ferner *mögen manche Leute es vielleicht nicht würzig genug finden für ihren feineren Witz oder hitzigeren*

Gaumen, doch ist es vielleicht nicht ohne Nutzen für Leser mit geringeren Ansprüchen, die wenig in öffentliche Debatten verwickelt sind.

Schließlich *zielt der Autor auf einen so allgemeinen Nutzen ab, wie die Sache nur vermag; vor allem für die Jugend, ob er nun den Nagel auf den Kopf trifft oder nicht: und dies ohne alle Ostentation oder insgeheime private Gründe.*

Es möge kein Neider die Absicht des Autors falsch interpretieren, so wird er für alle anderen Fehler geradestehen.

Vale.*

* Hier bevorzugt Penn gegenüber dem englischen Farewell den gleichbedeutenden lateinischen Abschiedsgruß.

REFLEXIONEN UND MAXIMEN ETC.

1 DER RECHTE MORALIST. Der rechte Moralist ist ein großer und guter Mann, doch ist er aus diesem Grund selten zu finden.

ooooo

2 Es gibt eine Art von Leuten, die sich gerne mit diesem Titel schmücken, obwohl sie nach meinem Dafürhalten wenig Grund dazu haben.

ooooo

3 Sie glauben, es sei genug, einen Mann nicht um seinen Lohn zu betrügen oder den Freund nicht zu verraten, bedenken aber nicht, dass das Gesetz das eine mit Strafe bedroht und dass das andere selten um der Tugend willen vermieden wird.

ooooo

4 Gewiss aber kann der, der fremdes Gut begehrt, nicht mehr ein moralischer Mann sein als jener, der stiehlt; da er es im Geiste tut. Noch kann der einer sein, der seinem Nachbarn den Kredit raubt oder ihm listig seinen Handel oder sein Amt untergräbt.

ooooo

5 Wenn ein Mann seinen Schneider bezahlt, aber sein Weib verdirbt, ist er nach geläufiger Auffassung ein Moralist?

ooooo

6 Doch was sollen wir von dem Mann sagen, der sich gegen seinen Vater auflehnt, ein arger Gatte ist oder ein ungerechter Nachbar; der verschwenderisch ist mit seiner Zeit, seiner Gesundheit und seinem Besitz, die alle für seine Familie so wichtig sind? Muss er als guter Moralist durchgehen, weil er seine Pacht bezahlt?

ooooo

7 Ich würde gerne ein paar dieser Männer der Moral fragen, ob der, so Gott beraubt und sich selbst auch, mag er auch seinen Nachbarn nicht betrügen, ihr moralischer Mann wäre?

ooooo

8 Schulde ich mir selbst nichts? Und schulde ich nicht alles Gott? Und wenn es den moralischen Mann ausmacht, dass er zahlt, was er schuldet, ist es nicht angemessen, dass wir unsere Schuld dort ent-

richten, woher wir unseren eigensten Ursprung, ja, ganz und gar alles haben?

∞∞∞

9 Der umfassende Moralist beginnt mit Gott; ihm zahlt er seine Schuld, ihm gibt er sein Herz, seine Liebe, seinen Dienst; dem generösen Geber seines Wohlseins und seines Seins überhaupt.

∞∞∞

10 Wer ohne dieses Gefühl der Abhängigkeit und Verpflichtung lebt, der kann kein moralischer Mensch sein, da er nichts von den Gegengaben an Liebe und Gehorsam weiß, die sich für ein anständiges und vernünftiges Geschöpf geziemen: Und bereits dieser letztere Ausdruck bedeutet ja, dass er sich nicht selber gehört; und sehr anständig kann es nicht sein, den Besitz eines Anderen übel zu gebrauchen.

∞∞∞

11 Doch wie könnte man schuldenfrei sein, es sei denn einem Mitgeschöpf gegenüber? Oder wird die Genauigkeit, mit der wir mancherlei lächerliche Summen bezahlen, während wir unsere gewichtigeren Verpflichtungen ignorieren, die Bande der Pflicht lösen, denen wir unterliegen, und uns zu rechten und gründlichen Moralisten machen?

ooooo

12 Wie man von einem Gerichtsurteil verhängte Zahlungen leistet, ehe man Wechsel begleicht, und Wechsel bezahlt vor den Rechnungen, so betrachtet der Moralist seine Verpflichtungen nach ihrer jeweiligen Würdigkeit. Zuerst kommt Er, dem er sich selber schuldet. Dann kommt er selbst in seiner Gesundheit und Arbeitskraft. Schließlich seine anderen Verpflichtungen, ob vernunftgemäß oder pekuniär; dort behandelt er, soweit er's vermag, alle so, wie er von ihnen behandelt werden möchte.

ooooo

13 Kurz, der moralische Mann ist der, der Gott über alles andere liebt und seinen Nächsten wie sich selbst, was beide Kontospalten gleichzeitig abschließt.

ooooo

14 DER FÄHIGE MANN DER WELT. Manche halten das Wesen eines sogenannten fähigen Mannes für dunkel und unbegreiflich. Aber ich bin sicher, dass das nicht recht ist.

ooooo

15 Wenn er durch sein Schweigen für fähig gilt, ist es immerhin noch besser; doch wenn er's durch Staffage sein soll, ist es unaufrichtig und hassenswert.

ooooo

16 Heimlichkeit ist eines, falsche Leuchtfeuer ein anderes.

ooooo

17 Der ehrliche Mann, der eher großzügig ist und offen, ist stets vorzuziehen, vor allem, wenn der gesunde Verstand am Steuer steht.

ooooo

18 Dass man die entgegengesetzte Haltung rühmt, ist ein Laster: Denn es ist nicht human, wenn man kalt, dunkel und untauglich zu allen Gesprächen ist. Ich wollte fast sagen, die betreffenden Leute sind wie Taschendiebe in einer Menschenmenge, wo man stets die Hand auf den Beutel halten muss, oder Spione in einer Garnisonstadt, die Verrat üben, so sie nicht gehindert werden.

ooooo

19 Dies ist das Gegenteil wahrer menschlicher Natur, und doch soll so etwas den weisen Mann und Politiker unserer Gegenwart vorstellen; vorzügliche Qualitäten für ein Leben in Lappland, wo, so sagt man, viele Hexer leben, wenn auch wenig Zauberkünstler.

ooooo

20 Wie Straßenräuber, die den Reisenden selten ohne Maske überfallen oder in derselben Perücke und denselben Kleidern, sondern sie haben eine andere Tracht für jede Unternehmung.

ooooo

21 Bestenfalls ist er vielleicht ein listiger Mann, soll heißen, eine Art unsteter Spion in der Politik.

ooooo

22 Der Listige ist nie unbezwingbar für den weisen Mann, der ganz aufrichtig ist, denn da ist er außer seinem Element, und sein Geschick versagt. Und nie werden weise Männer von ihm gefangen, wenn sie ihm nicht vertraut haben.

ooooo

23 Doch so kalt und heimlich er wirkt, er kann und wird allen zu Gefallen sein, wenn es ihm Vorteil einträgt, auch wenn es weder Gott gefällt noch ihm selber im Grunde.

ooooo

24 Er ist für jede Sache, die ihm Nutzen einträgt, doch er ist unversöhnlich, bleibt ihm der Erfolg versagt.

∞∞∞

25 Und was er nicht hindern kann, wird er gewiss verderben, durch Übertreibung.

∞∞∞

26 Niemand also so eifrig wie er für das, was er nicht ausstehen kann.

∞∞∞

27 Was würde oder könnte er nicht tun, um seine wahren Gefühle zu verbergen!

∞∞∞

28 Wenn's seinem Interesse dient, weist er keine Seite und keine Partei zurück; und er reicht, wenn das andere nicht gehen will, dem Übel mit ebenso guter Miene die Hand wie dem Guten.

∞∞∞

29 Nein, er wählt sich gewöhnlich das Schlechteste aus, denn das trägt am meisten an Bestechung ein: da seine Sache stets die des Geldes ist.

∞∞∞

30 Er segelt mit allen Winden und ist nie in die Irre gefahren, wenn an einem Ort ein Gewinn zu machen ist.

∞∞∞

31 Ein Seeräuber in der Tat, und ein Raubvogel.

∞∞∞

32 Treu ist er niemandem außer sich selbst, und falsch wider alle Personen und Parteien, um seinem eigenen Vorteil zu dienen.

∞∞∞

33 Rede mit ihm, so oft du magst, er wird dir nie gute Münze herausgeben, denn sie ist entweder falsch oder gekippt und beschnitten.

∞∞∞

34 Doch einen falschen Grund für irgendetwas anzugeben, das möge mein Leser niemals von ihm lernen, als gebe man eine Half-Crown aus Messing für eine echte: nicht nur, weil es eine Unwahrheit ist, sondern weil es die Person täuscht, der man es sagt; was ich als unmoralisch nehme.

∞∞∞

35 Schweigen ist bei weitem vorzuziehen, denn es rettet das Geheimnis und auch die Ehre.

ooooo

36 Wer sich die Freiheit nimmt, zu sagen, was er nicht meint, der wird auf mehr als einem Gebiet zum durchtriebenen Hakenschläger; doch in der Religion und der Politik ist es ganz verderblich.

ooooo

37 Zwei Männern zuzuhören, welche das Gegenteil ihrer eigenen Gefühle vorgeben, mit allem erdenklichen Anstand und scheinbarer Freundschaft, um einander hereinzulegen oder auszuhorchen, das ist für einen Mann von Ehre und Tugend etwas vom Melancholischsten auf der Welt, und vom Widerlichsten.

ooooo

38 Doch dass dies der Charakter eines fähigen Mannes sein solle, das zu behaupten heißt die Weisheit enterben und die Verkommenheit unserer Zeit getreu abkonterfeien, indem statt ihrer der Betrug eingesetzt wird, dieser rücksichtslose Hochstapler.

ooooo

39 Der Wettstreit zwischen zwei solchen Diskutanten, wer wohl geschickter sein möge, geht darum, wer dem anderen am wenigsten glauben mag; und wer die Schwäche oder Gutmütigkeit hat, zuerst nachzugeben, das heißt: etwas zu glauben, was der andere sagt, der gilt als überwunden.

ooooo

40 Ich kann die Strategie ebenso wenig begreifen wie die Notwendigkeit erkennen, wenn einer ständig anders denkt, als sein Mund lügt, oder wenn sein Mund immer seinem Geist falschen Alarm schlägt; denn keinem Mann wird man lange glauben, der allen Menschen beibringt, ihm zu misstrauen; und da noch die Fähigsten hie und da doch auch Kredit brauchen, was für einen Vorteil bringt ihnen ihr elegantes Schwindelgeschwätz, das sie alle Welt hören lassen?

ooooo

41 Ich erinnere mich an ein Wort von einem der großen Höflinge der Königin Elisabeth, der einem Freund guten Rat gab: Der Vorteil, sprach er, den ich bei Hofe gegenüber anderen hatte, lag darin, dass ich immer so sprach, wie ich's meinte, was mir keiner glaubte; so dass ich sowohl ein reines Gewissen bewahrte wie keinerlei Nachteil von meiner Freizügigkeit zu erleiden hatte. Das zeigt, dass das Laster älter ist als unsere Epoche, und lehrt, dass dieses noblen Mannes Integrität die beste Art ist, es zu vermeiden.

42 Es ist gewiss weise wie auch aufrichtig, weder den Gefühlen anderer zu schmeicheln noch unsere eigenen zu verbergen oder ihnen gar zu widersprechen.

43 Entweder den Mund zu halten oder aber die Wahrheit zu sagen oder schließlich von gleichgültigen Dingen zu sprechen, das ist die rechte Konversation.

44 Frauen, die selten ohne eine Maske ausgehen, haben nicht den besten Ruf. Doch wenn wir überlegen, wozu all die genannte Kunstfertigkeit und Verkleidung dient, wächst bei dem weisen Manne das Erstaunen und die Abneigung: Vielleicht gilt es, einen Vater zu betrügen, einen Bruder, einen Herrn, einen Freund, einen Nachbarn oder die eigene Partei.

45 Eine großartige Eroberung! Was edle Griechen und Römer verabscheuten: Als ob eine Regierung sich nicht ohne Schufterei halten könnte, und als ob Schufte ihre wichtigste Stütze wären; ist dies doch die gemeinste wie auch größte Perversion ihrer Zwecke.

∞∞∞

46 Doch dass dies zu einer Maxime werden konnte, zeigt nur allzu krass die Korruption unserer Zeit.

∞∞∞

47 Ich gebe zu, ich habe schon von der Rolle eines nützlichen Schuftes gehört, doch erschien mir dies immer eine alberne oder in sich selbst schuftige Redensart; zumindest eine Entschuldigung für Schufterei.

∞∞∞

48 Es ist ebenso vernünftig, anzunehmen, dass eine Hure die beste Gattin abgibt, wie dass ein Schuft der beste Beamte sei.

∞∞∞

49 Außerdem ermuntert die Anstellung von Schuften die Schufterei, anstatt sie zu strafen; und läuft der Belohnung der Tugend zuwider. Zum allermindesten muss die Welt dann glauben, die Nation bringe nicht genug ehrliche Leute hervor, die ihr dienen könnten.

∞∞∞

50 Bist du ein Friedensrichter? Suche dir Leute, die dort einen sauberen Ruf haben, wo sie wohnen, und über Grundbesitz verfügen, damit sie ihre Pflichten anständig erfüllen mögen; die sind nicht in der Versuchung, durch die Finger zu sehen, um ein Vermögen zu gewinnen: Denn manchmal lassen sich solche wahrhaftig finden, und man müsste sie nur anstellen.

ooooo

51 Bist du ein Privatmann? Beschränke deine Bekanntschaft auf einen engen Kreis, und wähle dir dazu Männer von Prinzipien; solche, die stehenbleiben, wenn die Ehre sie nicht weitergehen lässt; die eher das Stigma ertragen, dass man sie nicht für flotte Läufer hält, als dass sie ihren inneren Frieden und ihren Ruf durch eine niedrige Fügsamkeit ruinieren.

ooooo

52 DER WEISE MANN. Der weise Mann lenkt sich nach der Vernunft seiner Situation und dadurch, dass das, was er tut, das Beste ist; das Beste in einem moralischen und klugen, nicht in einem zwielichtigen Sinne.

ooooo

53 Er setzt sich gerechte Ziele, und gebraucht die saubersten und nächstliegenden Mittel und Methoden, um sie zu erreichen.

ooooo

54 Obwohl man seinen Plan oder seine Gründe dafür nicht immer durchschauen kann, wird man immer feststellen, dass seine Handlungen aus einem Stück sind und dass er arbeitet wie ein guter Handwerker; was er tut, hält die Prüfung durch Weisheit und Ehre aus, so oft man die Probe macht.

ooooo

55 Er verachtet es, sich selbst auf indirektem Wege zu nützen oder sich in die Regierungsgeschäfte einzuschalten, da gerechte Unternehmungen immer auch ihre gerechten Mittel zum Erfolg finden.

ooooo

56 Böses zu tun, auf dass Gutes davon kommen möge, das ist eine Parole für Stümper in der Politik wie in der Moral.

ooooo

57 Wie die Chirurgen, die kurzerhand einen Arm abschneiden, den sie nicht heilen können, wollen sie

vor allem ihre Ignoranz verdecken und ihren Ruf retten.

ooooo

58 Der weise Mann ist vorsichtig, aber nicht listig; er handelt überlegt, aber nicht schlau; er nimmt die Tugend zum Maßstab, wenn er seine vorzügliche Urteilskraft für seine Lebensführung gebraucht.

ooooo

59 Der weise Mann überhebt sich nicht; er ist bereitwillig, doch mischt er sich nicht ein; in allen Dingen sieht er auf festen Stand: Er beleidigt niemanden, noch lässt er sich leicht beleidigen, und ist immer willens, ihm angetanes Unrecht beizulegen, wenn nicht zu verzeihen.

ooooo

60 Er ist niemals spitzfindig oder kritisch; hasst lachendes Geschwätz und Scherze. Er mag freundlich sein, aber nicht leichthin; er handelt immer mit solider Ware und überlässt den Rest den Spielzeugbuden der Welt; die sind so weit davon entfernt, sein Geschäft zu sein, dass sie nicht einmal seine Zerstreuung abgeben.

ooooo

61 Er ist immer für etwas Solides und Gutes, gesellschaftlich oder moralisch; etwa: die Nation tugendhafter zu machen, ihren Frieden und ihre Freiheit zu bewahren, die Armen in Arbeit zu setzen, den Grund und Boden zu verbessern, den Handel zu fördern, das Laster zu unterdrücken, die Industrie zu ermutigen und jegliches technische Wissen; und dass dies alles das Anliegen des Staates sein möge und Lob und Segen des Volkes davontrage.

ooooo

62 Um zu schließen: Er ist gerecht und fürchtet Gott, hasst Begehrlichkeit und meidet das Böse, und er liebt seinen Nächsten wie sich selbst.

ooooo

63 **VON DER REGIERUNG DER EIGENEN GEDANKEN.** Da der Mensch als vernünftige und insofern denkende Kreatur geschaffen worden ist, ist nichts seinem Wesen würdiger als der rechte Gebrauch und die rechte Zielrichtung seiner Gedanken; denn davon hängt seine Nützlichkeit in der Öffentlichkeit ab, und sein eigener gegenwärtiger und zukünftiger Nutzen in jeglicher Hinsicht.

ooooo

64 Das Nachsinnen hierüber hat mich oft über den unglücklichen Zustand der Menschheit klagen lassen, die durch eine zu große Vermengung und Verwirrung der Gedanken kaum je in der Lage gewesen ist, den Dingen mit einem rechten und reifen Urteil zu begegnen.

ooooo

65 Dem verdanken wir die verschiedenen Ungewissheiten und Konfusionen, die wir auf der Welt erblicken, und den unmäßigen Eifer, der diese hervorruft.

ooooo

66 Davon ist auch das unvollkommene Wissen herzuleiten, das wir von den Dingen haben, und die Langsamkeit der Fortschritte, die wir in der Wissenschaft machen; wie die Kinder Israel, die vierzig Jahre auf ihrer Reise von Ägypten nach Kanaan waren, welche man in weniger als einem hätte zurücklegen können.

ooooo

67 Kurz, das ist es, dem wir vielleicht nicht alle, so doch die meisten der Übel zuschreiben sollten, unter denen wir zu leiden haben.

ooooo

68 Sieh also zu, dass dein Kopf klar wird, und ordne und gebrauche deine Gedanken auf rechte Weise, dann wirst du Zeit sparen und dein Geschäft wohl erkennen und betreiben; denn dein Urteilsvermögen wird scharf sein, dein Geist frei und deine Fähigkeiten werden stark sein und ausgeglichen.

ooooo

69 Denke immer daran, deine Gedanken dem gegenwärtigen Anlass entsprechen zu lassen.

ooooo

70 Wenn es um deine religiöse Pflicht geht, so lasse es nicht zu, dass irgendetwas anderes dein Denken beansprucht, und achte ebenso darauf, wenn es um eine zivile oder zeitliche Angelegenheit geht, und du wirst ein ganzer Mann bei jeder Sache sein, und zweimal so viel von deinem Geschäft in derselben Zeit erledigen.

ooooo

71 Wenn irgendein Punkt deinen Geist allzu sehr anstrengt, dann lenke diesen ab und unterhalte ihn mit einem anderen Gegenstand von eher sinnlichem oder körperlichem Wesen, mit etwas, was nicht so sehr den Verstand fordert; denn sonst schreibt man eine Sache

blindlings über die andere, was unsere ersten Eindrücke auslöscht und unleserlich macht.

ooooo

72 Die sich in ihrer Aufmerksamkeit am wenigsten zerteilen, können immer die besten Ergebnisse ihrer Geschäfte vorlegen.

ooooo

73 Da du also immer bei *einer* gegenwärtigen Aufgabe bleiben sollst, bis du ihrer Herr geworden bist, so sieh zu, wenn du mehr als eine Angelegenheit zu betreiben hast, dass du diejenige nimmst, die am bedeutendsten ist und am wenigsten warten kann, bis du wieder Zeit hast.

ooooo

74 Wer die Wichtigkeit seiner jeweiligen Geschäfte nicht recht einschätzen kann, der mag immer beschäftigt sein, er macht doch nur geringen Fortschritt.

ooooo

75 Lass aber nicht mehr Geschäfte notwendig werden, als auch notwendig sind, und verringere eher die Arbeit, die du zu tun hast, als sie zu vermehren.

ooooo

76 Und sei auch nicht übereifrig in deiner Arbeit an irgendeiner Sache; denn die Quecksilbrigen schießen oft über ihr Urteilsvermögen hinaus und schaffen sich manchmal neue Arbeit, die sie reut.

ooooo

77 Wer sein Geschäft übereilt, muss es schließlich oft dem lassen, der langsamer hinterdrein kommt und sich dann der Sache annimmt; das hat sich oft als profitable Ernte für den erwiesen, der nie gesät hat.

ooooo

78 Das ist der Vorteil, den Menschen von langsamerem Temperament gegenüber den Lebhaften haben, dass sie zwar nichts anführen, aber mit Bedacht folgen und sorgsam allen Vorteil aufsammeln.

ooooo

79 In der ganzen Angelegenheit gebrauche deine Gedanken so, wie dein Geschäft es erfordert, und gib diesem seinen Platz nach Verdienst und Dringlichkeit; unterziehe jedes Ding einer gründlichen Betrachtung und Verarbeitung, und du wirst viele Irrtümer und Ärgernisse vermeiden und im Laufe deines Lebens viel Zeit ersparen.

ooooo

80 **VOM NEID.** Es ist das Zeichen einer bösen Natur, dass sie gute Taten herabsetzt und schlimm als noch schlimmer darstellt.

ooooo

81 Manche Menschen missgönnen anderen ihren guten Namen in dem Maße, in dem ihnen selbst ein solcher fehlt, und vielleicht ist das auch der Grund dafür.

ooooo

82 Doch gewiss haben die Unrecht, die meinen, sie würden herabgesetzt, wenn andere bekommen, was sie verdienen.

ooooo

83 Solche Menschen haben im allgemeinen weniger Verdienst als Ehrgeiz, die den Lohn anderer begehren; und gewiss eine sehr böse Natur, die lieber anderen rauben will, was ihnen zusteht, als ihnen das gerechte Lob zugestehen.

ooooo

84 Es ist eher ein Irrtum des Willens als des Urteils: Denn wir wissen, dass es eine Folge unserer Leidenschaft ist und nicht unserer Vernunft; und daher tragen wir um so größere Schuld an unseren Vorurteilen.

ooooo

85 Es ist so neidisch wie ungerecht, die Handlungen eines anderen zu unterschätzen, wo deren objektiver Wert sie der Wertschätzung eines unparteiischen Geistes empfiehlt.

86 Nichts zeigt so sehr die Torheit und auch den Betrug des Menschen wie das kleinliche Schädigen von Verdienst und Ruf.

87 Und da manche es als Schmälerung ihrer selbst empfinden, wenn andere ihr Recht bekommen, so setzen sie die anderen endlos herab, um ihre eigene Reputation zu erhöhen.

88 Dieser Neid ist das Kind des Stolzes, seine Falschheit ist Willkür und kein Irrtum.

89 Der Neid behauptet, Wohltätigkeit sei bloß Ostentation, nüchterne Lebensführung sei Geiz, Demut sei Verschlagenheit und Generosität wolle sich lediglich beliebt machen. Kurz, die Tugend muss ein Plan sein und die Religion nur ein Interesse. Nein, die besten Eigenschaften dürfen nicht ohne ein Aber erwähnt werden, um ihr Verdienst zu mindern und ihr

Lob verstummen zu lassen. Niedrigste Haltung! Und die sie zeigen, die Schlimmsten unter den Menschen!

ooooo

90 Doch gerechte und edle Geister freuen sich am Erfolg anderer und helfen dazu, ihren Ruhm zu mehren.

ooooo

91 Und in der Tat lieben jene die Tugend, die zufrieden sind, wenn sie belohnt wird, und die verdienen es, am Ruhm teilzuhaben, denen es graut, wenn er anderen verkürzt wird.

ooooo

92 VOM LEBEN DES MENSCHEN. Warum ist der Mensch nicht so dauerhaft wie die Werke seiner Hände? Was kann der Grund sein, als dass hier nicht der Ort seiner Ruhe ist?

ooooo

93 Und es ist ein großer und gerechter Vorwurf, dass der Mensch seinen Geist dem Orte anpasst, wo er selbst nicht bleiben kann.

ooooo

94 Wäre es nicht größere Weisheit, sich um die Werke zu bekümmern, die mit ihm gehen und ihm dort eine Behausung schaffen, wo die Zeit keine Macht hat über ihn und sie?

ooooo

95 Es ist traurig, wie oft der Mensch den Weg zu seinem besten – und dauerhaftesten – Hause verfehlt.

ooooo

96 VOM EHRGEIZ. Die zu hoch fliegen wollen, stürzen oft hart herunter; was ein niedriges und eben gelegenes Quartier empfiehlt.

ooooo

97 Die höchsten Bäume sind vor allen der Macht des Windes anheimgegeben, und ehrgeizige Menschen den Stürmen des Schicksals.

ooooo

98 Sie werden am meisten gesehen und beobachtet: Sie sind am wenigsten still, aber unablässig spricht man von ihnen, und nicht oft zu ihrem Vorteil.

ooooo

99 Jene Bauleute brauchen ein gutes Fundament, deren Ort den Wetterstürmen so ausgeliefert liegt.

ooooo

100 Gute Werke sind ein Felsblock, der ihren Ruf stützen wird; schlimme aber ein sandiger Grund, der bei Kalamitäten nachgibt.

ooooo

101 Und wahrhaftig sollen sie auch kein Mitleid bei ihrem Sturz erwarten, die, solange sie an der Macht waren, kein Mitgefühl für die Unglücklichen hatten.

ooooo

102 Die schlimmste Launenhaftigkeit; immer begehrlich und durstig, ruhelos und verhasst: ein vollkommenes Delirium des Geistes: unerträglich im Erfolg und bei Enttäuschungen überaus rachsüchtig.

ooooo

102 **VON RUHM UND BEIFALL.** Wir neigen allzu sehr dazu, den Beifall zu lieben, doch wir verdienen ihn nicht.

ooooo

104 Wenn wir ihn aber verdienen wollen, müssen wir die Tugend höher schätzen.

ooooo

105 Da in uns keine Leidenschaft wohnt, die leichter erregt wird oder sich eher täuschen lässt, sollte auch keine sein, über die wir ängstlicher wachen, ob wir sie hingeben oder empfangen; denn wenn wir jemandem Beifall geben, müssen wir sicher sein, dass wir es aufrichtig tun, und auch mit Maßen.

ooooo

106 Wenn wir kargen damit, zeigt das Eifersucht; wenn wir Lob übermäßig spenden, dann ist's Schmeichelei.

ooooo

107 Guten Taten gebührt gutes Maß; das Übermäßige wirkt widerlich und unaufrichtig; außerdem ist es eine Art Verfolgung für die Verdienstvollen, die beschämt sind, anhören zu müssen, was sie verdienen.

ooooo

108 Es ist viel leichter für jemanden, den Beifall zu verdienen, als ihn auch zu erhalten; und nie zweifelt er mehr an sich oder an der Person, die ihm applaudiert, denn in dem Augenblick, wo er so viel von sich hören muss.

ooooo

109 Doch die Wahrheit zu sagen, braucht es kaum so viele Vorsichtsmaßregeln in diesem Punkt, da die Welt selten dem Verdienst gegenüber einigermaßen gerecht ist.

ooooo

110 Doch können wir nicht umsichtig genug sein, wenn uns Lob zuteilwird; denn wenn wir uns in einem falschen Spiegel betrachten, irren wir uns gewiss über das, was uns zukommt; und weil wir zu sehr geneigt sind, zu glauben, was angenehm ist, anstatt dessen, was wahr ist, werden wir allzu leicht über unsere Verhältnisse hinaus aufgebläht von den windigen Komplimenten der Menschen.

ooooo

111 Mach also stets Abstriche an dem, was bei solchen Gelegenheiten gesagt wird, oder du täuschst dich selbst, und mehr noch, du gefährdest dich.

ooooo

112 Eine Überschätzung unserer selbst gibt uns nur in vielerlei Hinsicht eine falsche Sicherheit.

ooooo

113 Wir erwarten mehr, als uns zusteht; nehmen alles, was wir bekommen, auch wenn es uns nicht zugedacht ist; und entfremden uns denen, die keine so hohe Meinung von uns haben wie wir selber.

ooooo

114 Kurz, es ist dies eine Leidenschaft, die unser Urteilsvermögen schädigt, und die uns gefährdet und lächerlich macht.

ooooo

115 Liebe also nicht den Beifall, sondern suche die Tugend, die ihn verdient.

ooooo

116 Und doch sollst du dein Verdienst ebensowenig herabwürdigen oder verhüllen wie es übertreiben; denn obwohl Bescheidenheit eine Tugend ist, ist eine gespielte Bescheidenheit keine.

ooooo

117 VOM REDEN. Frage oft nach, doch urteile selten, dann wirst du dich nicht oft irren.

ooooo

118 Es ist sicherer, zu lernen als zu lehren; und wer seine Meinung verbirgt, muss sich für nichts verantworten.

ꝏꝏ

119 Eitelkeit oder Ressentiment bewegen uns oft; und dann steht es zwei zu eins, dass wir am Ende Verlierer sind, denn die eine zeigt einen Mangel an Urteil und Bescheidenheit, das andere von Ausgeglichenheit und Diskretion.

ꝏꝏ

120 Nicht, dass ich die ewig Reservierten bewunderte; denn wer nicht mitteilsam ist, ist fast schon unnatürlich. Doch wenn Reserviertheit zu irgendeiner Zeit eine Tugend wäre, dann gewiss in Menschenaufläufen und in schlechter Gesellschaft.

ꝏꝏ

121 Hüte dich auch vor affektierter Rede; sie tut oft dem Gegenstand Gewalt an und zeigt immer eine gewisse Beschränktheit.

ꝏꝏ

122 Sprich ordentlich, und in so wenigen Worten, wie du's vermagst, doch immer deutlich; denn der Zweck der Rede ist nicht, sich zu spreizen, sondern verstanden zu werden.

ꝏꝏ

123 Wer mehr auf die Wörter setzt als auf die Substanz der Rede, wird deren geringes Quantum rasch vertrocknen lassen.

ooooo

124 Die Vernunft wird stets denen, so sie besitzen, genügend Worte schenken, sich verständlich zu machen.

ooooo

125 Doch kommt es in manchen Unterhaltungen oft vor, dass wie in Apotheken die Gefäße, die leer sind oder Dinge von geringem Wert enthalten, ebenso prächtig bemalt und aufgeputzt sind wie die voller kostbarer Wirkstoffe.

ooooo

126 Dieses Drechseln ganz geringer Inhalte zu großartigen Redewendungen ist üppig, und schlimmer als die modernen Imitationen von Wandbehängen und ostindischen Textilien. Kurz, es ist nur billiges Gerede, und fast schon Dreck.

ooooo

127 **BUND DER FREUNDE.** Wer über diese Welt hinaus liebt, kann durch sie nicht getrennt werden.

ooooo

128 Der Tod kann das nicht töten, was niemals stirbt.

ooooo

129 Noch können Geister je voneinander getrennt werden, die in demselben göttlichen Prinzip leben und lieben; der Wurzel und Chronik ihrer Freundschaft.

ooooo

130 Wenn Abwesenheit nicht Tod heißt, dann auch nicht die ihre.

ooooo

131 Der Tod ist nur ein Durchqueren der Welt, wie Freunde die Meere durchqueren; sie leben doch immer ineinander.

ooooo

132 Denn es müssen notwendigerweise diejenigen stets gegenwärtig sein, die in dem leben und lieben, das allgegenwärtig ist.

ooooo

133 In diesem göttlichen Spiegel sehen sie von Angesicht zu Angesicht; und ihr Diskurs ist so frei wie rein.

ooooo

134 Das ist die Tröstung der Freunde, dass man zwar sagen kann: Sie sterben, doch ihre Freundschaft und

Gesellschaft sind im besten Sinne immer gegenwärtig, weil unsterblich.

ooooo

135 **VOM ANSPRUCHSLOSEN LEBEN.** Es ist ebenso ein Glück, von einem neugierigen Geist befreit zu sein wie von einem leckeren Gaumen.

ooooo

136 Denn es ist nicht nur mühselig, sondern geradezu sklavisch, wenn man anspruchsvoll ist.

ooooo

137 Die schränken ihre eigene Freiheit und Behaglichkeit ein, die allzu aufwendige Bedingungen setzen, um sie zu genießen.

ooooo

138 Anspruchslos zu leben ist ein großer Teil des Lebensglücks: Doch schwierigen Temperamenten wird das stets abgehen.

ooooo

139 Eine unbekümmerte und karge Kinderstube ist deshalb einer erlesenen und raffinierten vorzuziehen.

ooooo

140 Und wer gelernt hat, mit wenig auszukommen, schuldet der Weisheit seines Vaters mehr als jener dessen Fürsorge schuldet, der viel von seinem Vater geerbt hat.

ooooo

141 Kinder können kaum zu rau aufgezogen werden, denn das lässt sie nicht nur die härtesten Schicksalsfügungen ertragen, es ist auch männlicher, aktiver und gesünder.

ooooo

142 Nein, es wird auch gewiss der Freiheit des Geistes dadurch viel genützt; denn so wird diesem gedient, und er ist nicht der Diener und gar der Sklave sinnlicher Gelüste.

ooooo

143 Da man der Natur rasch antworten kann, sind solche Bedürfnisse auch rasch befriedigt.

ooooo

144 Das Andenken der Antike ist in kaum einem Punkt so hoch zu halten wie in der strikten und nützlichen Unterweisung ihrer Jugend.

ooooo

145 Durch Arbeit verhinderten sie Üppigkeit bei ihren jungen Leuten, bis Weisheit und Philosophie diese gelehrt hatten, dem Luxus zu widerstehen und ihn zu verachten.

ooooo

146 Es muss deshalb ein schwerer Fehler sein, sich so angestrengt um die Genüsse unseres Körpers zu bemühen, und der Sorge um unsere Seelen so wenig bewusst zu sein und ihrer nicht zu achten.

ooooo

147 **VON DER SORGLOSIGKEIT UND PARTEILICHKEIT DES MENSCHEN.** Man kann immer wieder beobachten, dass wir bei einer Schmälerung oder Minderung unserer Bürgerrechte höchlichst aufgebracht sind und allerorts Empörung und Klage laut werden lassen; während wir es doch zugeben, dass wir selbst, unser besseres und edleres Selbst, Eigentum und Vasall der Sünde werden, des schlimmsten Besatzers.

ooooo

148 Wir warten vergeblich darauf, von solchen Mühsalen befreit zu werden, bis wir von ihrer Ursache befreit sind, unserem Ungehorsam wider Gott.

ooooo

149 Wenn Er bekommen hat, was Ihm von uns zusteht, dann wird Zeit genug sein, dass Er uns das Unsrige gibt.

ooooo

150 Es ist unser großes Glück, könnten wir es nur begreifen, dass wir auf unserer Laufbahn weltlicher Freuden solchen Hemmnissen begegnen, denn sonst würden wir den Geber ganz vergessen, die Gaben anbeten und unser Glück hierorts endigen, wo nicht der letzte Segen des Menschen zu finden ist.

ooooo

151 Unsere Verluste werden oft Strafen durch unsere Schuld und Gnaden durch unsere Reue.

ooooo

152 Außerdem spricht es für eine große Narrheit der Menschen, ihre Zufriedenheit den wahren Wert irgendeines zeitlichen Gegenstandes überschreiten zu lassen; denn Enttäuschungen werden oft nicht am bloßen Verlust von etwas gemessen, sondern an dem Wert, den wir ihm beigelegt haben.

ooooo

153 Und so vergrößern die Menschen ihre Leiden, weil sie nicht genau und gerecht abschätzen, was sie genießen oder verlieren.

ooooo

154 An jedem Ding auf der Welt hängt eine Bedingung, und die müssen wir respektieren oder die Folgen tragen, nämlich: Gott über alles zu lieben, und sich in allem zu verantworten vor Gericht, dem Jüngsten nämlich.

ooooo

155 **VON DEN REGELN FÜR DAS URTEIL.** In allen Dingen soll die Vernunft regieren; es ist etwas ganz anderes, in einer Meinung stur zu sein, als sie stetig zu vertreten.

ooooo

156 Dieses mag vernünftig sein, jenes aber ist immer willkürlich.

ooooo

157 In solchen Fällen geschieht es immer, dass die Sturheit um so größer wird, je klarer das Gegenargument ist, weil nun einmal die Absicht besteht, sich nicht überzeugen zu lassen.

ooooo

158 Das heißt, eine Laune über die Wahrheit stellen und einen trotzigen Stolz höher schätzen als eine vernünftige Unterordnung.

∞∞∞

159 Es ist die Glorie eines Menschen, dass es ihn zur Wahrheit zieht; wie es das Zeichen eines guten Naturells ist, sich leicht zureden zu lassen.

∞∞∞

160 Tiere handeln nach ihrem Instinkt, der Mensch nach der Vernunft; sonst ist er ein größeres Tier, als Gott je gemacht hat; und das Sprichwort bestätigt sich, dass die Verderbnis der besten Dinge die schlimmste und widerwärtigste ist.

∞∞∞

161 Eine vernünftige Meinung ist immer dort in Gefahr, wo nicht die Vernunft das Urteil fällt.

∞∞∞

162 Obwohl auf Bildung Rücksicht zu nehmen ist und auf die Tradition unserer Väter, wird doch immer die Wahrheit den Vorrang verdienen und auch beanspruchen.

∞∞∞

163 Wenn wir wie Theophilus und Timotheus im Wissen um das beste Gut erzogen worden sind, so ist es unser Vorteil; doch weder sie noch wir verlieren etwas, wenn wir diese Wahrheit auf die Probe stellen; denn so lernen wir den inneren Wert ihrer beider und den der Wahrheit.

164 Die Wahrheit hat nie durch Untersuchung etwas eingebüßt, denn sie ist vor allem anderen vernünftig.

165 Noch braucht das irgendeine andere Autorität, das sich von selbst versteht.

166 Wenn meine eigene Vernunft auf der Seite eines Prinzips ist, mit welchen Mitteln kann ich disputieren oder widerstehen?

167 Und wenn die Menschen einander einmal vernünftig anschauen würden, würden sie ihre Differenzen entweder aussöhnen oder freundschaftlicher beibehalten.

168 Es sei also das der Maßstab, das am meisten für sich spricht; doch das soll jeder Mensch selbst beurteilen.

169 Die Vernunft ist wie die Sonne allen gemein; nur weil nicht alles im selben Lichte und nach demselben Maße untersucht wird, sind wir nicht alle einer Meinung: Denn wir haben zwar unseren Geist zu diesem Zwecke, doch nicht alle gebrauchen ihn so.

170 VON DER FÖRMLICHKEIT. Form ist gut, doch nicht Förmlichkeit.

171 Im Gebrauch auch der besten Formen steckt, fürchte ich, noch zuviel von der Förmlichkeit.

172 Es ist absolut notwendig, dass diese Unterscheidung bei der Frömmigkeit der Leute mit dabei sei; denn zu viele sind geneigt, es bei dem zu belassen, was sie tun, und fragen nicht, wie sie es tun.

173 Würde man bedenken, dass es die jeweilige Geistesverfassung ist, die unsere Handlungen gottgefällig macht, dann würden wir mehr auf die innere Vorbereitung als die äußere Ausführung schauen.

ooooo

174 **VON DER DÜRFTIGEN VORSTELLUNG, DIE WIR VON GOTT HABEN.** Nichts zeigt besser den niedrigen Zustand, in den der Mensch durch Adams Fall geraten ist, als die unangemessene Vorstellung, die wir offensichtlich von Gott haben, betrachtet man die Art und Weise, wie wir Ihm zu Gefallen reden.

ooooo

175 Als nützte es Ihm irgendetwas, dass wir so viele Zeremonien und äußerliche Formen der Frömmigkeit vollziehen, mit denen Er doch nicht mehr wollte, als unseren Gehorsam zu prüfen und uns mit ihnen etwas Besseres und Dauerhafteres aufzuzeigen, das dahinter liegt.

ooooo

176 Etwas zu tun, das wir gleichzeitig annullieren, ist zu gar nichts nütze.

ooooo

177 Was bringt es, unsere Gebete regelmäßig zu sprechen, zur Kirche zu gehen, die Sakramente zu empfangen und vielleicht auch zu beichten, ja, den Priester üppig zu bewirten und den Armen Almosen zu geben, und gleichzeitig zu lügen, zu fluchen, trunken zu sein, begehrlich, unrein, stolz, rachsüchtig, eitel und faul?

ooooo

178 Kann das eine das andere entschuldigen oder aufwiegen? Oder wird Gott dafür halten, dass man Ihm wohl dient, wo Sein Gesetz gebrochen wird? Dass man Ihn wohl verehrt, wo soviel mehr Schaugepränge ist als Substanz?

ooooo

179 Es ist ein überaus gefährlicher Irrtum, wenn ein Mensch glaubt, er könne sich für die Verletzung einer moralischen Pflicht Entschuldigung schaffen durch eine gottesdienstliche Formalität, die um so weniger wiegt, wenn sie eine menschliche Erfindung ist.

ooooo

180 Unser Erlöser hat den Fall recht und klar auseinandergelegt und entschieden, als er den Juden sagte: Meine Mutter, meine Brüder und Schwestern sind die, so den Willen meines Vaters tun.

ooooo

181 **VOM NUTZEN DER GERECHTIGKEIT.** Gerechtigkeit ist eine große Stütze der Gesellschaft, weil sie alle Menschen ihres Eigentums versichert: Wird sie verletzt, gibt es keine Sicherheit, und alles gerät in Verwirrung, will man dann das Seine wiedergewinnen.

182 Ein ehrlicher Mann stellt beim Handel selbst eine Sicherheit dar. Der andere kann bei ihm gewiss sein, das Seine zu erhalten, wenn dieser überhaupt etwas hat.

183 Viele sind zwar so, doch nur unter dem Zwang der Umstände, andere sind es aus demselben Grunde nicht: Doch ein solcher ehrlicher Mann verdient keinen Dank, und ein derartiger Unehrlicher verdient unser Mitleid.

184 Wer aber unehrlich ist, um Gewinn zu erzielen, ist so gut wie ein Räuber, und soll bestraft werden, um ein Exempel zu statuieren.

185 Und tatsächlich gibt es wenige Händler, die zuverlässig sind, was das Geschäft schwierig macht und zu einer großen Versuchung für einen tugendhaften Mann.

ooooo

186 Da geht es nicht darum, was sie erlösen sollten, sondern was sie nur kriegen können: Mangel und Verfall der Ware werden versteckt: Große Worte werden gemacht, wo sie unverdient sind, und die notwendigerweise beim Käufer herrschende Unwissenheit wird ausgenützt zu ungerechtem Profit.

ooooo

187 Das sind die Männer, die ihr Wort nur halten, wenn es ihren Zwecken dient, und gerecht sind nur aus Angst vor der Behörde.

ooooo

188 Eine politische, keine moralische Ehrlichkeit; eine erzwungene, nicht frei gewählte Gerechtigkeit: Nach dem Sprichwort: geduldig gezwungenermaßen, und Dank für gar nichts.

ooooo

189 Doch unter aller Ungerechtigkeit ist die größte jene, die den Namen von Recht und Gesetz führt. Ein

Beutelschneider in Westminster Hall* stellt alles in den Schatten; denn er treibt die Ungerechtigkeit voran bis zur Unterdrückung, wenn als Recht eben das durchgehen soll, was vom wahren Recht zu bestrafen wäre.

ooooo

190 **VON DER EIFERSUCHT.** Die Eifersüchtigen sind eine Last für die anderen, doch eine Qual für sich selbst.

ooooo

191 Die Eifersucht ist eine Art Bürgerkrieg in der Seele, wo Urteilsvermögen und Einbildungskraft ständig widereinander streiten.

ooooo

192 Dieser Kampf führt im Inneren des Geistes genau wie in der Gesellschaft zu großen Wirren und verheert alles.

ooooo

* Eine Tür im südlichen Teil der Hall des Palastes von Westminster stellte für Bittsteller den einzigen Zugang zum Unterhaus des englischen Parlamentes dar. Lobbyisten versuchten an dieser delikaten Schnittstelle die Parlamentarier mit allen Mitteln von ihren Ansichten zu überzeugen.

193 Nichts ist auf ihrer Bahn sicher: Natur, Eigeninteresse, Religion müssen alle ihrer Wut weichen.

ooooo

194 Sie zerreißt Verträge, löst die gesellschaftlichen Bindungen, bricht den Ehebund, verrät Freunde und Nachbarn. Niemand ist gut, alle tun einem ein Unrecht oder planen es doch.

ooooo

195 Die Eifersucht hat ein Gift, das, wo sie auch zubeißt, mehr oder weniger sticht; und da sie Einbildungen als Tatsachen meldet, verstört sie das eigene Haus ebenso wie die Häuser der anderen.

ooooo

196 Ihr Ursprung ist Schuld oder üble Natur, und sie spiegelt ihre Fehler in anderen Menschen; wie der, den die Gelbsucht befallen hat, glaubt, die anderen Leute sähen gelb drein.

ooooo

197 Ein eifersüchtiger Mann liest nur sein eigenes Spektrum ab, wenn er andere anschaut, und sieht seinen eigenen Charakter in dem ihren.

ooooo

198 **VOM ÖFFENTLICHEN AUFWAND.** Ich liebe den Dienst, doch nicht den Pomp und Staat; das eine ist nützlich, das andere überflüssig.

ooooo

199 Die Mühsal des stattlichen Aufwands ist ebenso wie seine Kostspieligkeit real, der Vorteil nur imaginär.

ooooo

200 Außerdem hilft er, uns hochmütig zu machen, und trägt zu unserer Versuchung bei, die rechte Ordnung zu verwirren.

ooooo

201 Das kleinste Ding, das dabei mangelhaft ist oder fehlt, beunruhigt uns, und wir sind gleich soweit, uns für schlecht bedient zu halten in einer Sache, wo es gar nicht um irgendeinen reellen Dienst geht: Oder wir glauben, wir seien um so vieles besser als andere Menschen, als wir die Mittel zu größerem Staat haben.

ooooo

202 All das aber kommt aus Mangel an Weisheit, die den wahrsten und eindrücklichsten Staat mit sich bringt.

ooooo

203 Wer sich nicht durch unvorsichtige Unterhaltungen selbst billig macht, legt sich überall schon genügend Wert bei.

ooooo

204 Das andere ist Prozessionspomp und kein wahrer Staat.

ooooo

205 **VON EINEM GUTEN DIENER.** Ein treuer und ein guter Diener sind ein und dasselbe.

ooooo

206 Doch ist kein Diener seinem Herrn treu, der ihn betrügt.

ooooo

207 Nun gibt es viele Arten, den Herrn zu betrügen – um Zeit, Sorgfalt, Mühe, Respekt und guten Ruf, nicht nur um Geld.

ooooo

208 Wer seine Arbeit vernachlässigt, beraubt seinen Herrn, weil er doch genährt und bezahlt wird, als täte er sein Bestes; und wer in der Abwesenheit des Herrn nicht ebenso sorgfältig arbeitet wie in seiner Gegenwart, der kann kein guter Diener sein.

ooooo

209 Noch ist der ein treuer Diener, der teuer einkauft, um sich den Profit mit dem Verkäufer zu teilen.

ooooo

210 Und auch nicht der, der außerhalb des Hauses vertrauliche Geschichten erzählt; oder im Namen seines Herrn schändlich mit anderen Leuten umgeht; oder sich gemein macht mit dem Herumlungern, der Verschwendung oder den unehrenhaften Reden anderer.

ooooo

211 So dass ein treuer Diener sorgfältig, verschwiegen und respektvoll ist; er fühlt mehr für die Ehre und das Interesse seines Herrn als für seinen eigenen Nutzen.

ooooo

212 Ein solcher Diener verdient alles Gute, und wenn er unter seinem Verdienst bescheiden bleibt, soll die Hand seines Herrn ihn dies auch großzügig fühlen lassen.

ooooo

213 **VON EINER UNMÄSSIGEN BEGIER DER WELT.** Es zeigt einen verkommenen Zustand des Geistes, wenn man um das, was man nicht braucht, barmt und fleht.

ooooo

214 Manche sind so eifrig bemüht, reich zu sein, als ginge es um ihr Leben: Nicht dessen Unterhalt wollen sie, sondern Überfluss.

ooooo

215 Wenn aber eine Fülle, die man besitzt, die Begehrlichkeit noch steigert, ist das eine Perversion der Vorsehung; und es befinden sich doch die meisten ihres Reichtums wegen nur schlechter.

ooooo

216 Doch ist es seltsam, dass alte Männer in diesem Laster exzellieren: Denn im allgemeinen liegt denen das Geld zur Hand, die dem Grabe am nächsten sind: Als wollten sie ihre Liebe dafür im Verhältnis zu der geringen Zeit steigern, die ihnen noch bleibt, es zu genießen: Und doch ist ihr Vergnügen ohne Freude, da keiner sich freuen kann an dem, was er nicht wirklich gebraucht.

ooooo

217 Anstatt zu lernen, ihren großen Besitz leicht fahren zu lassen, klammern sie sich nur fester daran, weil sie ihn aufgeben müssen; ein so schmutziger Geiz liegt im Wesen mancher Menschen.

ooooo

218 Wo die Wohltätigkeit Schritt hält mit dem Profit, ist der Fleiß gesegnet; doch wenn man sich rackert, um Besitz aufzuhäufen, und ihn dann nur geizig für sich behält, ist dies eine Sünde wider die Vorsehung, ein Laster im Staat und ein Vergehen wider die Nachbarn.

∞∞∞

219 So sind die, die nicht ein Fünftel ihrer Einkünfte ausgeben, und vielleicht nicht ein Zehntel ihrer Ausgaben den Bedürftigen zukommen lassen.

∞∞∞

220 Dies ist der schlimmste Götzendienst, denn es kann darin keinerlei Religion stecken, und man kann auch keine Unwissenheit zur Entschuldigung vorschützen; und es tut Unrecht den anderen Leuten, die einen Anteil daran haben sollten.

∞∞∞

221 VOM INTERESSE DER ÖFFENTLICHKEIT AN UNSEREN VERMÖGEN. Es ist uns kaum etwas für uns selbst gegeben, woran nicht die Öffentlichkeit einen Anteil von uns beanspruchen darf. Von allem aber, was wir unser nennen, sind wir Gott und der Öffentlichkeit über unser Vermögen die meiste Rechenschaft schuldig: In diesem sind wir nur

Haushälter, und alles für uns selbst aufzuhäufen, ist große Ungerechtigkeit und Undankbarkeit.

∞∞∞

222 Wenn jedermann als ein verantwortlicher Pächter der Öffentlichkeit handelte, insoweit er den Überfluss von Gewinn und Kosten deren Bedürfnissen zuführte, dann würde das ein Ende aller Steuern bedeuten, es gäbe keinen einzigen Bettler mehr, und man hätte die größte Bank für nationalen Handel in Europa.

∞∞∞

223 Es ist eine Strafe über uns wie auch eine Schwäche – die wir nicht erkennen –, dass wir am falschen Ende anfangen.

∞∞∞

224 Wenn die Steuern, die wir zahlen, nicht im Staate zur Fütterung des Stolzes verwendet würden, bin ich sicher, dass sie geringer wären – wenn denn auf den Stolz wiederum eine Regierungssteuer stünde.

∞∞∞

225 Ich muss gestehen, ich habe mich oft verwundert, dass so viele rechtliche und nützliche Dinge von Gesetzes wegen besteuert werden, der Stolz aber die

Freiheit hat, über ihnen und der Öffentlichkeit zu stehen und sie zu beherrschen.

ooooo

226 Da die Leute aber mehr Angst vor den Gesetzen der Menschen haben als vor denen Gottes, weil die Strafe jener am nächsten scheint, weiß ich nicht, wie man es Richtern nachsehen kann, dass sie einen solchen Exzess straflos lassen.

ooooo

227 Unsere noblen englischen Patriarchen und Patrioten waren sich dieses Übels so bewusst, dass sie verschiedene vorzügliche Gesetze erließen, die man gemeinhin Luxusgesetze und Kleiderordnungen nennt, um den Stolz des Volkes zu verbieten oder wenigstens zu beschränken; deren Durchsetzung wäre unser Stolz und unsere Ehre, ihre Vernachlässigung ist ein ständiger Tadel und Verlust für uns.

ooooo

228 Es ist nur vernünftig, dass die Bestrafung von Stolz und Exzess dazu hilft, die Regierung zu stützen, da sie ansonsten unweigerlich davon ruiniert wird.

ooooo

229 Manche aber sagen: Ein solches Verbot ruiniert den Handel, und es macht die Armen zu einer Last für die Öffentlichkeit: Wenn aber ein solcher Handel am Ende das Königreich ruiniert, ist es dann nicht an der Zeit, diesen Handel zu ruinieren? Ist Mäßigung nicht ein Teil unserer Pflicht? Seit wann wäre der, der Maß hält, ein Feind der Regierung?

∞∞∞

230 Der ist ein Judas, der sich Geld mit gleich welchem Handel verschafft.

∞∞∞

231 Einem Handel durch die Finger zu sehen, der das Volk weibisch macht und die alte Disziplin des Königreichs aufweicht, das ist ein Kapitalverbrechen und ist von den Richtern streng zu bestrafen und nicht durch die Behörden zu entschuldigen.

∞∞∞

232 Gibt es keine bessere Brotarbeit für die Armen als den Luxus? Unglückliche Nation!

∞∞∞

233 Was haben sie denn getan, ehe sie in diese verbotenen Gewerke kamen? Gibt es nicht Land genug in

England, es urbar zu machen, und sind nicht mehr und bessere Manufakturen zu errichten?

ooooo

234 Haben wir nicht Raum genug für sie in unseren Kolonien, um der Produkte willen, die den Handel ohne Luxus vermehren?

ooooo

235 Kurz: Möge der Stolz bezahlen und der Exzess hoch besteuert werden; und wenn dies das Volk nicht heilt, wird es jedenfalls helfen, das Königreich zu erhalten.

ooooo

236 **DER EITLE MANN.** Doch der eitle Mann ist eine widerwärtige Kreatur; er ist so sehr von sich selbst erfüllt, dass er keinen Raum für irgendetwas anderes hat, sei es noch so gut und würdig.

ooooo

237 Unablässig geht es bei ihm: Ich tue dies, ich kann jenes tun. Und bei seinen ständigen Vergleichen lässt er gewiss sich selbst immer als besser denn alle anderen erscheinen; wie das Sprichwort sagt, sind ihm alle seine Gänse Schwäne.

ooooo

238 Die sind gewiss zu bemitleiden, die sich in ihrem Eigensten so sehr täuschen können.

ooooo

239 Und doch habe ich gelegentlich gedacht, dass solche Leute in gewissem Sinne glücklich sind: Nichts kann sie an sich selber irre machen, auch wenn sie die Wertschätzung anderer nicht haben noch verdienen.

ooooo

240 Gleichzeitig wundert man sich, dass sie die Schläge nicht spüren, die sie sich selbst versetzen oder von anderen bekommen für ihre unerträgliche und lächerliche Haltung; noch sind sie betroffen von dem, was andere für sie (und nicht bloß über sie) erröten lässt: ihre unvernünftige Selbstgewissheit.

ooooo

241 Der Narr eines bestimmten Menschen zu sein, ist schlimm genug, aber der eitle Mann ist der Narr aller.

ooooo

242 Diese törichte Neigung kommt aus einer Mischung von Ignoranz, Selbstvertrauen und Stolz, und je nachdem, ob von letzterem mehr oder weniger da-

bei ist, ist sie mehr oder weniger ärgerlich beziehungsweise unterhaltend.

ooooo

243 Vielleicht der schlimmste Teil dieser Eitelkeit ist, dass sie unberührbar ist. Wenn man dem Eitlen irgendetwas sagt, dann hat er es schon lange gewusst; er ist aller Information und Belehrung schon längst voraus, oder aber er wischt alles stolz vom Tisch.

ooooo

244 Während die größten Geister am meisten zweifeln, am ehesten bereit sind, zu lernen, und am wenigsten mit sich zufrieden; ist er's mit niemandem sonst.

ooooo

245 Denn obwohl jene einen höheren Standpunkt haben und deshalb weiter sehen als ihre Nachbarn, macht diese weite Aussicht sie bescheiden, da sie ihnen etwas zeigt, was so viel höher liegt und ihnen unerreichbar ist.

ooooo

246 Und wahrhaftig glänzt der Verstand dann am schönsten, wenn er in Bescheidenheit gefasst ist.

ooooo

247 Ein bescheidener Mann ist ein Edelstein, der ein Königreich wert ist: Dieses wird oft von ihm gerettet, wie Salomons armer weiser Mann die Stadt gerettet hat.*

ooooo

248 Mögen wir mehr von ihnen haben, oder weniger Bedarf an ihnen.

ooooo

249 **DER KONFORMIST.** Es ist vernünftig, der Allgemeinheit zuzustimmen, wenn das Gewissen nicht verbietet, dass man sich solcherart fügt; denn Konformität ist zumindest eine gesellschaftliche Tugend.

ooooo

250 Doch wir sollten nur in notwendigen Dingen darauf bestehen, das andere mag eine Schlinge oder Versuchung sein, die Gesellschaft zu zerbrechen.

ooooo

* Im Alten Testament wird im Buch Kohelet des Predigers Salomo (9:14–15) ein armer Mann beschrieben, der einer kleinen Stadt allein durch seine Weisheit entscheidend dabei half, der Belagerung eines großen Königs standzuhalten. Später gedachte dieses schlichten und klugen Mannes jedoch kein Mensch mehr und sein Name wurde vergessen.

251 Vor allem aber ist sie eine Schwäche in Religion und Regierung, wenn sie auf gleichgültige Dinge ausgedehnt wird, denn abgesehen davon, dass so alle möglichen Skrupel erfunden werden, zahlt man immer den Preis der Freiheit.

252 Solche Konformisten haben wenig, dessen sie sich rühmen könnten, und um so weniger Grund, denen Vorwürfe zu machen, die eine größere Freiheit vertreten.

253 Und doch ist der Apostel der Freiheit, den ich liebe, er, der völlige Freiheit nur in der Liebe zum Nächsten übt, denn die Freiheit, die ich empfehle, enthält keine Skepsis im Urteil und noch viel weniger in der Praxis.

254 **DIE VERPFLICHTUNG GROSSER MÄNNER DEM ALLMÄCHTIGEN GOTT GEGENÜBER.** Es scheint nur vernünftig, dass diejenigen, so Gott in seiner Güte vor anderen ausgezeichnet hat, sich Ihm gegenüber durch Dankbarkeit auszeichnen.

255 Denn obwohl Er aus einem Blut alle Nationen geschaffen hat, hat Er sie nicht auf ein und derselben Ebene angeordnet oder in ihre Würde gesetzt, sondern in eine Art von Unterordnung und Abhängigkeit.

256 Wenn wir hinaufblicken, sehen wir es in den Himmeln, wo die Planeten verschiedene Grade ihrer Glorie haben, und so die anderen Sterne in Größe und Glanz.

257 Wenn wir uns auf der Erde umsehen, sehen wir es in den Bäumen des Waldes von der Zeder bis zum Dornstrauch; unter den Fischen vom Leviathan bis zur Elritze; in der Luft unter den Vögeln vom Adler bis zum Sperling; unter den Tieren vom Löwen bis zur Katze, und in der Menschheit vom König bis zum Lumpensammler.

258 Unsere großen Männer sind zweifellos vom weisen Einrichter unserer Welt als unsere religiösen, moralischen und politischen Planeten entworfen worden, als Lichter und Richtungsweiser für die unteren Ränge der zahlreichen Genossen ihrer eigenen Art, sowohl durch Vorschriften wie als Beispiele; und sie haben auch guten Lohn für ihre Mühe, welche die

Ehre und Dienstbarkeit ihrer Mitgeschöpfe haben und als ihren Anteil Mark und Fett der Erde.

ooooo

259 Doch ist es nicht eine unerklärliche Narretei, dass Menschen stolz sind auf die Taten der Vorsehung, anstatt an ihnen Demut zu lernen? Oder sich besser dünken, anstatt Seiner zu gedenken, der sie so hoch über das allgemeine Maß erhoben hat? Nur an ihr jetziges Leben denken und Ihm so Seine ungewöhnlichen Gaben vergelten?

ooooo

260 Doch sind wir da gleich wieder allzu nahe bei uns selbst und müssen gar nicht weiter nachdenken als darüber, wie wir denn unseren Wohlstand und unsere Größe erhalten haben und wie wir sie gebrauchen; wenn, ach! sie die vom Himmel Bevorzugten sind, dann sollen wir unsere eigene Weisheit, Generosität und Dankbarkeit prüfen.

ooooo

261 Es ist eine gefährliche Perversion der Ziele der Vorsehung, wenn wir Zeit, Macht und Reichtum, die Er uns mehr als anderen Menschen gegeben hat, zur Befriedigung unserer gemeinen Leidenschaften

aufbrauchen, anstatt die guten Haushälter zu spielen, zur Ehre unseres großen Wohltäters und zum Nutzen unserer Mitgeschöpfe.

∞∞∞

262 Doch ist es auch eine Ungerechtigkeit; da jenen höheren Rängen der Menschheit etwas vom Himmel anvertraut worden ist zum Nutzen der geringeren Sterblichen, die als Unmündige Anspruch auf alle erdenkliche Achtsamkeit und Fürsorge haben.

∞∞∞

263 Denn wenn Gott manchen Menschen eine Würde über ihre Brüder hinaus verliehen hat, dann nie, damit das ihren Vergnügungen diene, sondern damit sie sich ein Vergnügen daraus machen sollten, der Öffentlichkeit zu dienen.

∞∞∞

264 Sie wurden zweifellos aus dem Grunde über die Notwendigkeit und die Mühsal des Lebens erhoben, damit sie mehr Zeit und Möglichkeit hätten, für andere zu sorgen; und gewiss sind die reichlichen Gaben der Vorsehung da, wo sie nicht derart benutzt werden, unterschlagen und verschwendet.

∞∞∞

265 Es hat mir oft ernste Gedanken ausgelöst, wenn ich die große Ungleichheit auf der Welt betrachtet habe; dass ein einziger Mann so viele seiner Mitgeschöpfe zu Dienern haben sollte, die Seelen haben wie er; und dies nicht zum Geschäft, sondern zum Pomp. Gewiss ein armseliger Gebrauch seines Geldes, und ihrer Zeit.

ooooo

266 Doch dass ein einziger Mann so vielen anderen Arbeit macht oder besser gesagt, sie von ihrer Arbeit abhält, nur um sich mit einem großen Gefolge zu umgeben, hat etwas Leichtsinniges und Luxuriöses, das überaus tadelnswert ist, sowohl von der Religion aus betrachtet wie vom Staate.

ooooo

267 Doch selbst angesichts erlaubter Dienstbarkeiten hat der Gedanke etwas, das uns demütig stimmen muss, und es sollte die Dankbarkeit der Großen Ihm gegenüber noch steigern, der ihre Umstände so gebessert hat, und ihre Ausübung der Macht über ihre eigenen Artgenossen mäßigen.

ooooo

268 Wenn die armen Indianer hören, dass wir irgendjemanden aus unseren Familien als Diener bezeichnen, rufen sie laut: Was! Nennt ihr Brüder Diener? Wir nennen unsere Hunde Diener, doch niemals Menschen. Diese Moral kann uns gewiss nichts schaden und mag uns lehren, unsere hohe Position geringer zu schätzen und in unserem Staat und Aufwand nachzulassen.

269 Und was oben gesagt wurde vom stolzen Übermaß der Leute, mag in gewisser Weise auf andere Zweige des Luxus angewandt werden, die ein böses Beispiel für die Geringeren abgeben und die Bedürftigen ihrer Versorgung berauben.

270 Der Allmächtige Gott rühre die Herzen unserer Großen mit einer Empfindung Seiner großen Güte, und von deren wahrem Ziel, dass sie sich in ihrer Aufführung bessern, zum Ruhme dessen, der sie so generös bevorzugt hat, und zum Nutzen ihrer Mitgeschöpfe.

271 **VOM KLÜGELN ÜBER DIE HANDLUNGEN UND INTERESSEN ANDERER.** Dies scheint das Meisterstück unserer Politiker; doch keiner schießt so aufs Geratewohl wie diese Klügler.

ooooo

272 Eine richtiggehende Lotterie, ein reines Zufallsspiel; da der wahre Grund für die Handlungen der Menschen so unsichtbar ist wie ihr Herz: und so auch ihre Gedanken zu ihren verschiedenen Interessen.

ooooo

273 Wer andere Menschen nach sich selbst beurteilt, trifft oft nicht das Ziel, denn nicht alle Menschen haben dieselbe Fähigkeit noch dieselbe Leidenschaft bei ihrem Interesse.

ooooo

274 Wenn ein fähiger Mann über die Vorgehensweise einer gewöhnlichen Begabung nach dem Modell seiner eigenen nachdenkt, muss er sie immer verfehlen, doch noch um vieles mehr der gewöhnliche Mann, wenn er über die Motive des Fähigen spekuliert: Denn der Fähige täuscht sich, indem er den anderen in dessen Gebaren weiser macht, als er ist, und der gewöhnliche Mann kommt ins Unrecht, indem er

sich anmaßt, die Gründe für die Handlungsweise des Fähigeren erkennen zu können.

ooooo

275 Kurz, dies ist ein dunkler Wald und ein Labyrinth, und in nichts sind wir so ungewiss und machen uns häufiger zum Narren.

ooooo

276 Die bösen Folgen, die diese Laune hat, sind zahlreich und gefährlich: Denn die Menschen gehen irrige Wege, treffen die falschen Maßnahmen und erleben oft böse Enttäuschungen.

ooooo

277 Das zerstört alles Vertrauen in den Geschäften, lässt in der Praxis keinerlei festes Prinzip zu, setzt voraus, dass jeder aus anderen Gründen handelt, als sie zutage liegen, und dass es unter den Menschen keinen Anstand und keine Aufrichtigkeit gibt: ein dummer Trick anstatt der Wahrheit.

ooooo

278 Weder Natur soll da gelten noch Religion; allein vom weltlichen Vorteil soll sich das wahre, das ver-

borgene Motiv all dessen herschreiben, was die Menschen tun und treiben.

ooooo

279 Es ist schwer, die Lieblosigkeit dieser Haltung auszudrücken und ihre Ungewissheit; es steckt mehr Eitelkeit darin als Nutzen.

ooooo

280 Diese törichte Auffassung eröffnet ein weites Feld, doch möge für jetzt genügen, was ich gesagt habe.

ooooo

281 **VON DER NÄCHSTENLIEBE.** Die Nächstenliebe hat verschiedene Bedeutungen, ist aber in allen etwas Vorzügliches.

ooooo

282 Sie bedeutet zuerst einmal das Mitleid für die Armen und Elenden unter den Menschen und streckt eine helfende Hand aus, deren Lage zu bessern.

ooooo

283 Wer davon nichts spürt, gehört nur so eben halb zum Menschengeschlecht, fehlt ihm doch das Organ

des Mitgefühls, das ein so wesentlicher Teil unserer Natur ist.

∞∞∞

284 Ein Mensch, und hat keine Empfindung für die Nöte und Bedürfnisse seines eigenen Fleisches und Blutes! Besser: ein Monstrum! Und möge man es niemals zulassen, dass er ein so unnatürliches Geschlecht auf der Erde fortpflanze.

∞∞∞

285 Eine solche Lieblosigkeit verdirbt den besten Gewinn, und sie wird, ich setze zwei zu eins, einen Fluch über die Besitzer bringen.

∞∞∞

286 Noch können wir erwarten, dass Gott unsere Gebete hört, wenn wir selber taub sind für die Bitten der Leidenden unter unseren Mitgeschöpfen.

∞∞∞

287 Gott schickt die Armen, um uns auf die Probe zu stellen, so wie Er sie selbst durch ihre Armut prüft, und wer ihnen ein klein wenig von der Fülle verweigert, die Gott ihm geschenkt hat, der legt sich für seine eigene Zukunft einen Vorrat an Armut an.

∞∞∞

288 Ich will nicht sagen, dass solche Werke ein Verdienst darstellen, glaube aber, dass sie Gott gefallen und nicht ohne Lohn bleiben werden; doch muss auch unsere Großherzigkeit und Generosität in Demut wissen, dass wir nur das herschenken, was uns geschenkt wurde, damit wir es gebrauchen und weitergeben; denn wenn wir uns nicht selbst gehören, dann gehört uns um so weniger das, was Gott uns anvertraut hat.

289 Ferner legt die Nächstenliebe immer alle Umstände und alle menschlichen Handlungsweisen zum Besten aus und ist so weit davon entfernt, arglistig zu spionieren, andere zu verleumden oder zu verunglimpfen, dass sie lieber Schwächen entschuldigt, für gescheiterte Unternehmungen Milderungsgründe sucht, aus allem das Beste macht, allen verzeiht, jedermann dient und hofft bis zum Ende.

290 Sie mildert die Extreme, ist immer für das Zweckdienliche, müht sich, Differenzen auszugleichen und will lieber leiden als sich rächen: Und sie ist so weit davon entfernt, überall den letzten Kreuzer herauszu-

pressen, dass sie lieber verlieren will, was ihr zusteht, als es gewaltsam einzutreiben.

ooooo

291 Sie handelt frei, und sie handelt voll Eifer, doch der führt immer zum Guten, da er niemandem wehtut.

ooooo

292 Ein universelles Heilmittel gegen den Streit, und ein heiliger Zement für die Menschheit.

ooooo

293 Und schließlich ist es die Liebe zu Gott und zu den Brüdern, welche die Seele über alle weltlichen Erwägungen erhebt; und indem sie einen Vorgeschmack des Himmels auf Erden gibt, ist sie für die wahrhaft in der Liebe Lebenden hier schon die Fülle des Himmels.

ooooo

294 Dies ist die edelste Bedeutung, welche die Nächstenliebe hat, und alle sollten sich bemühen um diese hervorragende Tugend.

ooooo

295 Ja, überaus hervorragend; denn wie Glaube, Liebe und Hoffnung die besonderen Tugenden waren, welche der große Apostel den Christen offenbart hat (welche allzusehr dazu neigen, an äußerlichen Gaben und kirchlichen Gebräuchen zu kleben), so hat er von diesen besseren Eigenschaften als die beste die Liebe genannt, weil sie die anderen überdauert und nimmer aufhört.*

ooooo

296 Insofern kann ein Mensch nie ein wahrer und guter Christ sein, der nicht die Nächstenliebe besäße, und sei es im niedrigsten Sinne; allerdings mag er jenen niederen Teil haben, und doch nicht der wahre Christ des Apostels sein, da der uns sagt, dass wir alle unsere Güter den Armen geben könnten und es würde uns doch nichts nützen, wenn wir der Liebe (in ihren anderen und höheren Bedeutungen) nicht hätten.

ooooo

297 Nein, und wenn wir in allen Zungen sprächen, alles Wissen hätten und selbst die Gabe der Prophezeiung und würden andren predigen und hätten sogar Eifer genug, unseren Leib verbrennen zu lassen,

* Im Neuen Testament erklärt der Apostel Paulus in seinem ersten Brief an die Christengemeinde von Korinth: »Nun aber bleibet Glaube, Hoffnung, Liebe, diese drei; aber die Liebe ist die größte unter ihnen« (1. Korinther 13:13).

würde es uns doch nichts zu unserem Heil nützen, wenn uns die Nächstenliebe fehlte.

ooooo

298 Es scheint, dass sie für Ihn (wie sie es für uns sein sollte) das *unum necessarium* war, das Einzige, das wirklich notwendig ist, was unser Erlöser Maria zuschrieb, vor ihrer Schwester Martha, der doch der geringere Teil der Nächstenliebe nicht abging.*

ooooo

299 Wollte Gott, dass diese himmlische Tugend unter den Menschen mehr verwurzelt und verbreitet wäre, insbesondere unter denen, die den Anspruch erheben, Christen zu sein, dann wäre uns gewiss die Frömmigkeit wichtiger als die theologische Kontroverse, und wir würden Liebe und Mitleid üben, anstatt einander auf irgendeine Art und Weise zu tadeln und zu verfolgen.

* Im Lukasevangelium wird berichtet, wie Jesus einst im Haus der Schwestern Martha und Maria einkehrte. Während Martha für ihn alle Hausarbeiten verrichtete, saß ihm Maria zu Füßen und hörte seinen Reden zu. Mit Blick auf diese Rollenverteilung der Schwestern gelangte Jesus zu dem Urteil: »Martha, Martha, du machst dir viele Sorgen und Mühen. Aber nur eines ist notwendig. Maria hat das Bessere gewählt“ (Lukas 10:41-42).

Editorische Notiz

William Penn verfasste seine Sentenzen über die menschliche Lebensführung zwischen 1690 und 1692, als er von William III., dem im Frühjahr 1689 inthronisierten englischen König, des Hochverrats bezichtigt wurde. Diese Jahre der so grundlosen wie gefährlichen Verdächtigungen, die er zu seiner eigenen Sicherheit in der größtmöglichen Abgeschiedenheit und Zurückgezogenheit zubringen musste, wollte der tatendurstige Mann, dessen Bewegungsspielraum stark begrenzt war, nicht ungenutzt verstreichen lassen. Penn sann über den Verlauf seines bisherigen Lebens nach und notierte die dabei entstehenden Gedanken, die er »Früchte meiner Einsamkeit« nannte, sehr sorgfältig und in pointierter Form, wobei er seine Reflexionen und Maximen regelmäßig einer erneuten Durchsicht unterzog. Die Überprüfungen hatten Streichungen, Kürzungen oder Ergänzungen zur

Folge. Im Ergebnis führten solche Eingriffe fast immer zu einer größeren Klarheit und Prägnanz der einzelnen Sätze.

Ein erster, vorläufiger Entwurf der Sentenzen in der Handschrift eines Sekretärs hat sich erhalten und wird – mit Korrekturen und Anmerkungen versehen, die in Penns eigener Hand ausgeführt wurden – im Archiv der *Historical Society of Pennsylvania* in Philadelphia verwahrt (Penn Papers, Miscellaneous Manuscripts, HSP. With revisions in WP's hand, Micro. 6:713.) Dieses bedeutende und interessante Manuskript verleiht Aufschluss darüber, wie der Autor bei der Niederschrift und Komposition seiner Sprüche vorging. Zunächst suchte Penn die Aussagen der erdachten Maximen immer weiter zu vereinfachen und zuzuspitzen, um dann in einem zweiten Schritt die Anordnung der Glieder seiner beständig fortlaufenden Gedankenkette solange auszutauschen und abzuändern, bis ihm das Ergebnis dauerhaft gefiel. Im Jahr 1693, als der König von ihm abließ, konnte er die ersten 467 Sentenzen im Londoner Verlag von Thomas Northcott unter dem Titel *Some Fruits of Solitude* veröffentlichen.

Bereits im ersten Erscheinungsjahr gab der Autor zwei weitere, nur geringfügig veränderte Auflagen des kleinen Buches in Druck. Insgesamt zehn verschiedene Editionen wurden zu seinen Lebzeiten publiziert. In der Ausgabe von 1697 erfuhren die Reflexionen und Maximen eine stattliche Erweiterung auf insgesamt 556 Sentenzen. Im Jahr 1702 legte Penn sogar einen eigenständigen zweiten Teil vor, den er unter dem Titel *More Fruits of Solitude* veröffentlichte. Seither beläuft sich die Gesamtzahl der Sprüche auf 855 Ziffern. Während in den ersten Ausgaben der Reflexionen und Maximen noch die thematischen Zwischenüberschriften zu den einzelnen Sentenzen fehlten, gehören diese seit dem frühen 18. Jahrhundert zum festen Bestandteil einer jeden neuen Edition. Eine Gesamtausgabe der *Fruits of Solitude* erschien acht Jahre nach Penns Ableben im Verlag J. Sowle in London, als Teil der zweibändigen *Collection of the Works of William Penn*. Dieses Werk von 1726 diente allen späteren historisch-kritischen oder kommentierten Editionen der *Fruits of Solitude* als autoritative Grundlage, wie beispielsweise auch der bislang letzten verlässlichen Ausgabe, die Edwin B. Bronner im Jahr 1993 – exakt 300 Jahre nach dem Erscheinen der Erstausgabe – für die Everyman-Reihe des Londoner Verlags J. M. Dent als eine respektable und feine Jubiläumsgabe besorgte. Es ist auch für die hier vorgelegte deutsche Übersetzung der verbindliche Referenztext.

Penns Sentenzen und Maximen wurden schon

bald nach ihrer Erstveröffentlichung in verschiedene europäische Sprachen übersetzt. Die beste deutsche Übertragung aus dem 18. Jahrhundert ist zweifelsohne die Ausgabe, die Johann Friedrich Schiller, ein Cousin des Dichters, im Jahr 1785 in der Diktion der damaligen Zeit unter dem Titel *Früchte der Einsamkeit, in Gedanken und Maximen über den menschlichen Lebenswandel* bei Cotta in Tübingen veröffentlichte. Zuletzt erschien in deutscher Sprache im Jahr 1913 – vor mehr als einem Jahrhundert – im Heidelberger Universitätsverlag Winter eine Edition, der ihr Herausgeber, Siegfried Graf von Dönhoff, einen etwas zu pietistisch-frömmlerischen Einschlag verlieh, der dem englischen Original, dem in zahlreichen Passagen eine durchaus barock-deftige Würze zu eigen ist (die nicht im Widerspruch zu Penns Religiosität steht), nicht ganz gerecht zu werden scheint. Mit der jetzt publizierten Neuübersetzung, die im Jahr des 300. Todestages von Penn erscheint, wird jedenfalls eine Übertragung vorgelegt, die den Anspruch hat, so der Übersetzer Joachim Kalka, »möglichst getreu Duktus und Haltung des Originals wiederzugeben, ohne durch eine zwangsläufig archaisierend wirkende, allzugroße Treue zu gewissen Äußerlichkeiten den insgesamt erstaunlich frischen, nüchtern-modernen Tenor zu verdecken. Dabei wurden charakteristische

Idiosynkrasien der Interpunktion (Penns insistenter Gebrauch des Semikolons und des Kolons) durchaus beibehalten«.

Literaturverzeichnis

William Penn: Some Fruits of Solitude: In Reflections and Maxims Relating to the Conduct of Human Life, London 1693.

William Penn: More Fruits of Solitude: Being the Second Part of Reflections and Maxims, Relating to the Conduct of Humane Life, London 1702.

William Penn: Some Fruits of Solitude, In: Reflections and Maxims. Relating to the Conduct of Human Life, In: A Collection of the Works of William Penn, Bd. 1, London 1726, S. 818–858.

William Penn: Some Fruits of Solitude/More Fruits of Solitude, In: William Penn: The Peace of Europe, The Fruits of Solitude and Other Writings, hrsg. von Edwin B. Bronner, London 1993, S. 23–87.

William Penn: Früchte der Einsamkeit: In Gedanken und Maximen über den menschlichen Lebenswandel. Aus dem Englischen, Tübingen 1785.

William Penn: Früchte der Einsamkeit. Ins Deutsche übertragen von Siegfried Grafen von Dönhoff, Heidelberg 1913.

Edwin B. Bronner: William Penn's ›Holy Experiment‹. The Founding of Pennsylvania, 1681–1701, New York 1962.

Vincent Buranelli: The King and the Quaker. A Study of William Penn and James II, Philadelphia 1962.

Mary Maples Dunn: William Penn. Politics and Conscience, Princeton 1967.

Mary Maples Dunn, Richard S. Dunn (Hrsg.): The World of William Penn, Philadelphia 1986.

William Durland: William Penn, James Madison, and the Historical Crisis in American Federalism, Lewiston NY 2000.

Melvin B. Endy, Jr.: William Penn and Early Quakerism, Princeton 1973.

Hans Fantel, William Penn: Apostle of Dissent, New York, 1974.

Emilia Fogelklou: William Penn. Ein Buch vom Staat und vom Gewissen, Hamburg 1948.

Mary K. Geiter: William Penn, Harlow 2000.

Joseph Illick: William Penn the Politician, Ithaca 1965.

John Moretta: William Penn and the Quaker Legacy, New York 2007.

Edmund S. Morgan: The World and William Penn, In: Proceedings of the American Philosophical Society 127/5 (1983), S. 291–315.

Andrew R. Murphy: Liberty, Conscience and Toleration. The Political Thought of William Penn, Oxford 2016.

Gary B. Nash: Quakers and Politics: Pennsylvania, 1681–1726, Princeton 1968.

Catherine Owens Peare: William Penn. A Biography, Philadelphia 1956.

Jean R. Soderlund (Hrsg.): William Penn and the Founding of Pennsylvania, 1680–1684. A documentary history, Philadelphia PA 1983.

Hermann Wellenreuther: Glaube und Politik in Pennsylvania 1681–1776. Die Wandlungen der Obrigkeitsdoktrin und der Peace Testimony der Quäker, Köln 1972.